旺秀才丹诗选

常春藤诗丛

华东师范大学卷

宋琳 主编

旺秀才丹 著

陕西新华出版传媒集团

太白文艺出版社

图书在版编目（ＣＩＰ）数据

旺秀才丹诗选 / 旺秀才丹著. -- 西安：太白文艺出版社，2019.1

（常春藤诗丛. 华东师范大学卷）

ISBN 978-7-5513-1672-9

Ⅰ. ①旺… Ⅱ. ①旺… Ⅲ. ①诗集－中国－当代 Ⅳ. ① I227

中国版本图书馆 CIP 数据核字（2019）第 024731 号

旺 秀 才 丹 诗 选

WANGXIUCAIDAN SHIXUAN

作　　者	旺秀才丹
责任编辑	张笛
封面设计	不绿不蓝 杨西霞
版式设计	刘戈
出版发行	陕西新华出版传媒集团
	太 白 文 艺 出 版 社
经　　销	新华书店
印　　刷	北京彩虹伟业印刷有限公司
开　　本	787 毫米 × 1092 毫米　1/32
字　　数	73 千
印　　张	6.625
版　　次	2019 年 1 月第 1 版
书　　号	978-7-5513-1672-9
定　　价	45.00 元

心灵城邦的信使
——《常春藤诗丛·华东师范大学卷》序言

> 每场革命，最初都是一个人心灵里的一种思想，一旦同一种思想在另一个人的心灵里出现，那对于这个时代就至关重要了。

——爱默生

一

20世纪80年代的大学生诗歌运动属于广义上的"第三代"诗歌运动，是以朦胧诗为代表的地下诗歌运动的余续。其规模大大超越了朦胧诗，并将朦胧诗的影响从理念扩大到日常生活和写作行为中去，就精神的自足、语言实验的勇气与活力来看，或可称之为一场学院"诗界革命"。梁启超曾说："过渡时代必有革命。然革命者当革其精神，非革其形式"（《饮冰室诗话》）。可这一次革命却是从精神开始，而归结于形式的。每个诗人的成长与他的阅读史是相伴随的，一首诗的力量——如雨果所说——可以超越一支军队，如果我们从心灵征服的角度去理解的话，就可以不去管浪漫主义信条是否依然有效。事实上，课堂上讲授的普希金与私底下交换的现代诗歌读物是交互作用于年轻学子的感受力的。顾城的《一代人》只有两句："黑夜给了我黑色的眼睛，我却用它寻找光明。"这种警句式的表达未脱浪漫主义的调子，却成为我们寻找现代性的宣言。

反思20世纪80年代的精神气质和个人学习写诗的历程，我们自然会将地理空间对心灵的投射作用与一首诗的销魂效果联系起来。上海，中国最都市化的城市，具备构成现代性的一切因素。它混杂着殖民时代的摩天大楼、花园洋房和棚户区。黄浦江上巨轮与冒着黑烟的机帆船交错行驶。它的街道风貌中既有石库门的市井风俗画、梦游般的人群，又有琳琅满目的橱窗的奢华镜廊，无轨电车与自行车流的活动影像一掠而过。尽管经过社会主义工业化的改造，昔日租界那"万国"风格的办公楼与住宅区大都幸存了下来，丁香花园的洋气与豫园的老派相对峙，连空气也混合着冰激凌、啤酒、江水和工厂的化学气味。华东师大校园紧邻苏州河——工业污染使它变成了死水，它与另一个近邻长风公园的秀美形成巨大的反差，这些都成为城市焦虑症的源头，本雅明所谓"震惊经验"的上海版。"中国是有都市而没有描写都市的文学，或是描写了都市而没有采取了适合这种描写的手法"（杜衡：《关于穆时英的创作》），20世纪30年代初如此，80年代初亦如此，上海的校园诗人在学徒期已感觉到这个问题。

夏雨诗社成立于1982年5月，早期主要成员是1978、1979和1980级中文系学生。策划地是被我们戏称为"巴士底狱"的第一学生宿舍，灰色的三层回字形楼房，这栋建筑是民国时期大夏大学的旧址。某个春夜，我们开始了紧张的筹备。张贴征稿启事，给名流写信，请校长题词，打字，画插图，油印。5月下旬，《夏雨岛》创刊号就这么诞生了。如果说夏雨诗社有自己的传统，那么可以追溯到辛笛写于20世纪三四十年代的诗，他的为人也堪称我们的师表。另一位有重要影响的是施蛰存先生，他是中文系的教授，有关他和《现代》杂志的关系、"第三种人"文学观的争论、他与戴望舒的友谊，尤其是他写志怪和色情的极具现代感的小说，都使他成为上海传奇的一部分，成为我个人的文学英雄。向两位先生的请益，打开了我的视野。施蛰存的《关于"现代派"一席谈》是在夏雨诗社成立后不久的1983年写的，在文中他提醒年轻人，现代观念早在五十年前就有了，"不是什么新发现"，因此"在创作中单纯追求某些外来的形式，这是没出息的"。如何避免重复上一代人，或再次错过某种与传统接续的契机？在检视我自己以及一些夏雨同人早期习作时，我既怀念青春的纯洁与激情，又不免为文化断裂所导致的盲目而感慨"诗教"的不足。"失去的秘密多得像创新"——理解曼德尔斯塔姆这句话的反讽意味，需要多么漫长的砥砺呀！

二

　　快速吸收、快速转换似乎是青春写作的一个特点，在主体性未完全建立以前，模仿和趋时的痕迹是明显的。学生腔、自我陶醉、为文而造情这些通病使大量的文本失效，在时间的严酷法则下，经得住淘汰的诗作已属凤毛麟角。或许只有诗人的"第二自我"能够立于不败之地，确保出于热爱的摸索没有白费——那时我们都很虔诚。

结社本身在价值取向和实践方面必将体现一个时期或一个地域的文化征候，一个社团往往就是一个趣味共同体，相互激发和讲究品鉴，使代代文人共同参与并创造了知音神话。"真诗在民间"意味着文化的原创性是由民间社会提供的，其中社团的运动是保证原创性的活力得以持续的基础。夏雨诗社作为高校学生社团之一，所以能从中产生出优秀的、有全国影响力的诗人，自发性是至为关键的，没有自发性就不可能保障个性的发挥，也就没有诗歌民主。薇依曾说："思想观念的群体比起或多或少带有领导性的社会各界来，更不像是群体"（《扎根：人类责任宣言绪论》）。夏雨诗社的组织形式不同于利益群体，虽然没有流派宣言，它亦接近于诗歌观念的群体。一首诗的传播有大语境的因素，但是在诗歌圈子的小语境中，一首诗一旦被接受，就是一个不小的事件。如艾略特所说："它调整了固有的次序。"

相对于徐芳、郑洁诗中的淑女气质，张小波、于荣健，还应加上张文质，却着迷于惠特曼或海明威的野性。张小波的《钢铁启示录》、于荣健的《我们这星球上的男子汉》和张文质的《啊，正午》写出时，四川的"莽汉主义"诗派还没有创立。狂放、一定比例的"粗鄙度"（朱大可在《城市人》诗合集序言《焦灼的一代与城市梦》中发明了这个术语）、崇尚力之美、将词语肉身化、并赋予原始欲望以公开的形式——单纯得令人不适，或相反，鄙夷公众趣味到令人咋舌。

色情是唯美主义偏爱的主题，施蛰存在 20 世纪 30 年代就写过《小艳诗》，在旺秀才丹的诗中我们惊讶地发现某种香而软的质感复现了："我从圆锥的底部往上看 / 我看到几只玻璃瓶静立在那里 / 美丽的女郎站在它们旁边 / 用柔和的灯光擦洗身子 / 最隐蔽处 / 两只雄蟹轻嗑瓜子 / 急速地吐皮 / 喷烟 / 从最隐蔽处往外窥视"（《咖啡馆里》）。他或许受到波德莱尔的影响。早在 1983 年，《夏雨岛》第四期就通过石达平的论文《李贺与波德莱尔的诗歌》披露了钱春绮先生翻译，尚未结集出版的波氏诗歌片段。

诗歌成为某种生活方式在夏雨诗人的交往中留下了不少趣闻，那是一个诗歌和友谊的话题，混合着机趣、荒唐、幻想和空虚，似乎证明了王尔德的理念：生活是对艺术的模仿。谁有才华谁就可能成为我的朋友，不管他有多邋遢、多不懂世故。愿意"在龌龊场龌龊个够"（奥登语）是个人的事，但写诗需要天赋，也需要同伴的刺激、竞争和反馈，在这件事情上我们都是严肃的。我们的盲流风（或波希米亚风）后来传染给了更年轻的一代。我可以开出一列长长的名字，这里只能从略。"诗可以群"，"诗人皆兄弟姐妹"，我们的自我教育若没有诗歌将会怎样呢？或者说诗歌没有整体文化的宽容能否自然生长？能否转化为全社会的财富？原创性的危机正是全社会的危机，不是别的。

在夏雨诗社存在的十一年（1982—1993）里，陆续自印出刊《夏雨岛》十五期、《归宿》四期、《盲流》一期，编有诗选《蔚蓝的我们》和《再生》（原名《寂灭》），诗人自印的个人集不包括其中。这个清单大体可以体现历届诗社成员的集体劳动，我主观地希望，"复活"后的新夏雨诗社的年轻一代愿意视之为一笔小小的精神遗产。迄今为止，夏雨诗社为当代诗坛贡献了几位有分量的诗人，从这个"流动的飨宴"出来后，他们没有放弃写作，没有被流俗的漩涡裹挟，尤其是社会向市场经济转型所造成的人文领域巨大的落差没有夺走他们捍卫诗歌的勇气，这些都成就了汉语的光荣。

三

夏雨诗社在 1993 年停办是有象征性的，20 世纪 80 年代的金黄已远逝，接下来是碎镜里的水银。客观性、现实感、稳定和细微的经验叙事代替了单纯抒情。诗人应该建立起什么样的信念成为一个需要迫切面对的问题。最后几批在校的夏雨诗人，如旺秀才丹、马利军、陆晓东、余弦、周熙、陈喆、江南春、丁勇等都在写作中寻找精神突围的可能性。历史大事件、真实的而非想象的死亡拷问着良知，尽管诗篇还不足以承载现实的重负，"诗人何为"的意识似乎已经觉醒。

一些已经毕业或离校的诗人各自经历着写作中的孤独净化，以某种向心灵城邦致敬的方式相互呼应。马铃薯兄弟（于奎潮）的《6 月某日》写得克制，诗中的观察者对自己把肉眼看到的、擦过天空的鸽子"当作欢欣的事情"感到自责：

生命匆忙
像造机器一样
造爱

只有这些生灵

在天上不安

一个闲人在窗前

无言

　　意识到言说的困难既来自外部也来自内部，写作的策略必须及时调整。20世纪80年代中后期夏雨诗风中最显著的自渎性的身体反叛，与西方后现代主义的出发点不谋而合，根据伊格尔顿的观点，"身体变成了后现代思想关注最多的事物之一"（《后现代主义的幻象》）。1989年以后，虽然娱乐业兴盛，身体却失去了狂欢性，像被动句式代替了主动句式一般，"一个含糊不清的客体塞进了肉体的客体"（同上）。"造爱"也沦落为与爱欲无关的机械制作过程，在此类伪装的陈述中，某种寓言结构和新的含混出现了。在黑暗中守灵的形象在张文质的诗中一直若隐若现，历史哀悼与个体危机的救赎主题相交织，使他的咏叹时断时续，凄婉的声调中跃出某个句子，令人猝不及防。《已经两天，我等待着在我的笔端出现一个字》这首诗就传递了转型期的苦闷、无助和寻求信仰的隐秘心迹：

今夜我在一个古怪的梦中，看见断头台落下来的刀片在离自己脖子仅有三寸的滑道上卡住了。又一次我听见生命的低语，宽大的芭蕉叶静静地翻卷起来。

这里我们既可听见卡夫卡，也可听见荷尔德林的回声，它将"哪里有危险，拯救也在哪里发生"以卡夫卡的方式隐喻化了。任何人都没有权利对一个梦强行索解，何况"断头台"与"芭蕉叶"在现实中根本就难以并置。诗中主体的坠落感还可从"必须有一个字撑住不断下陷的房屋"获得，诗人强烈地感受到写作与现实、词与物、灵魂与肉体的脱节。个人价值观与时代的总体趋向不可通约甚至相抵牾，区隔不可避免地发生了，写作只有在质疑中才有可能重获意义，此时除了终极事物，没有别的可参照的文本。"必须有一个字"成为安顿一切的基础，否则精神就无所凭依。从形式游戏向内心生活的还原是一个严肃而艰难的抢救工程，文本的殊异性造成阅读的不适和晕眩感，有时是隐微技艺使然，有时则是经验读者处于同陌生语境绝缘的状态。

吕约的诗往往运用中性词汇和精巧的反讽处理严肃的题材，她似乎不喜柔弱，偏爱尖锐而智性的幽默。《诗歌不知道自己已经死了》将一场"诗歌国葬"安排在高尔夫球场，为了制造出一种间离效果：

> 葬礼上，一个孩子发现它的眼睛还在眼皮下转动
> 但它捐出了自己的眼角膜
> 所以它将永远看不见自己的死亡

你可能会将这首诗的构思与从"上帝死了"到"作者死了"那个语义链联系起来，但我觉得它的形式更接近卡夫卡寓言。诗歌并没有死，它只是成了双重的盲人。

了解真相的人，因不能说出而受苦，这与那些将诗歌当作生活调料或故作轻松的态度是多么不同，而与市侩则有着天壤之别。我想再次引用薇依的话："我们的现实生活四分之三以上是由想象和虚构组成的。同善与恶的实际接触寥寥可数"（《重负与神恩》）。正因如此，大多数人的沉默是可以得到宽恕的，唯独诗人在关键时刻对真诚的背叛应视为可耻。

诗中的"我"并非现实中的真实受难者肖像，而是高于自我的另一个。他被孤独无助的人们所注视，他或是本雅明的历史天使，或是传说中的得道神仙，或是终

极者，你可以用想象去延伸和补充，只要不是出于谵妄就行。但或许最重要的、值得我们铭记的事情是：有一个可将"真实的秘密"相交托的"讲故事的人"，那故事如鲁迅所希望，将是一个"好的故事"，因为"发生的一切都将是神的赐予"（荷尔德林）。

宋琳

2018 年

题记一

当如花如幻的文字在这里呈现

她架构着一座沟通你我之间的桥梁

题记二

每一个字词具足身、语、意三密

她既是她

又不是她自己

你听到她、观察她、熟悉她

在因缘际会中真实感觉、触摸她

每一个不同的开始和组合

她有着不同的秉性、力量、速度

当字词借神圣之光照亮自己

她同时也从纷繁的语义中解放了自己

字词本无轮回和涅槃

她洗却铅华，放下二元对立

活在当下的每一首诗歌里

目录

上卷：2000 年前

上海诗篇（1986—1990）

兰州诗篇（1990—2000）

下卷：2010 后

上卷：2000 年前

上海诗篇（1986—1990）

仰望贡唐仓 [①]

再也忍不住

沉淀了无数风雨夜的酸涩

在我梦中的祥云

降临之时

就这样让混浊的眼

埋在袖口里

让油渍的羊皮

再去打湿

打湿您如父亲一样大山上的小草

打湿您如母亲一样暖怀中的乳房

多少次

---

① 贡唐仓，系深受海内外僧俗各界广大群众敬仰和爱戴的藏传佛教格
鲁派金座法王，拉卜楞寺住寺大活佛之一。

多少次没让您走出期冀

幻想着幻想能够现实

一次次洒下热泪

酝酿在膝间的挤奶桶里

多少次

多少次狂吻您曾走过的足迹

干瘪的心房总是跟不上呼吸

跟不上亘古那

虔诚的旋律

当您宽厚的心抚在我的心上时

忆溪的水

骤然干枯

从此　生命将不再产生记忆

我未来的路上

四射着您神圣的

庇护！

1986 年 7 月 12 日—13 日　甘肃拉卜楞寺

无人区

走到无人区才想起

十里外路上擦肩而过的东西

有点熟悉

长长的触须

身体浑圆

匆匆行走在那里

（我肩膀疼痛）

回首四顾

荒野无人烟

哄哄闹市在十里外

和我

擦肩而去

1987 年 1 月 10 日　上海

咖啡馆里

我从圆锥的底部往上看

我看到几只玻璃瓶静立在那里

美丽的女郎站在它们旁边

用柔和的灯光擦洗身子

最隐蔽处

两只雄蟹轻嗑瓜子

急速地吐皮

喷烟

从最隐蔽处往外窥视

1987 年 1 月 9 日　上海

坟·外婆

被兄弟唤作嫂的这个人在我面前站成
　　一幅画
夕阳西坠　禽兽在归向各自的巢穴
不错的风景使我误以为
弟弟会哭出声音来
嫂啊　弟弟对这个人说
这情景使坟中的我想起几米外住着的
　　外婆
屋子陈旧　窗外的葡萄已生成一种组织
从瓦檐向天井倾斜
这不禁令人为弟弟担心
嫂嫂　弟弟背对着我
不断让我进入一种想象
如弟弟将手搭向这个人肩头一样
　　自然

随后有个声音从蛇的眼皮下　窜过

是我啊　嫂嫂

一杆双筒猎枪和一把猎刀

可以在此后的一段时间里存在

透过牡鹿的眼睛

所有的风景被毁坏

弟弟很不自然地拥着这个人越过

　　我的视野

向外婆走去

20 世纪 80 年代 上海

最后的日子

使石头滚动

闪烁纯真的光

使一瞬长于百年

这最后的日子

浪子伤感的泪第一次诞生，枯竭

第一次看见星宿，陌生的人

还要说，那最早出场的，最先毁灭

园中的玫瑰，今天早晨来临

午后什么样

我们的邻居

一群灰色的鸽子

黄金的喙暮色样绝望

凝滞，而不走动

一切在泪流时丧失

今夜没有房屋，又建不成

最后的一朵在逼近凋谢

1990 年 5 月 16 日　上海

一棵树

我们：你欣内亚和我巴布罗

相遇在雪原的一棵树下

那时天空盛开云朵

我们以各自的方式观察对方

目光相遇的片刻

云朵中掠过闪电

我们都不曾留意这棵树本身

我们站在树底下观看云朵

同时感受闪电

我们知道天空会飘下雨滴

我们不在乎这些

我们只知道有这样一棵树

它如何使我们：欣内亚和巴布罗

在同一片树荫下观看云朵

同时感受闪电

而一俟雨停，彩虹出现

我们就会远离这棵树而去

几十年后　我们在各自的心中会想起

一棵树

但已不是这一棵了

我们想不起是哪一棵

这样的树

雪原上到处都有

1987 年 9 月 29 日　上海

日月

树木从山上伐下来
放入水中
就漂到我们这里
一些人用它盖起房屋
在周围垦几亩荒地
过上了日月

另一些人
怀着希望
撑向上游或下游

这些留下来的男人整日里奔波来去
在季节之末
才得以静下心来看看女人和孩子

这随便娶来的女人
在男人的注视下
显得更像一个女人

他们时常坐在河边观看河流
望着顺水而下的木头
他们会想起许多

他们偶尔也会泪流满面
但季节的开始使他们沉默如旧
在每一个早晨辛勤工作
男人们用河水灌溉
将捞起的木头劈来烧火
女人们用河水淘米做饭

这些人一辈子朴实勤恳
他们把里里外外收拾得干干净净
然后将垃圾倒入水中，流向下游

1988 年　上海

1989：潜伏的夏季

1989：天气变化正常

早上多云，中午有雨

傍晚的太阳照亮我的额头

神圣的智慧所在

这休息的机器在回忆运转

展望再次开始

正是生命的一段潜伏期

1989：火车到达一个站

站台上不多的几个旅客各自为娱

不同的服装相同的颜色

人们为财富而奔忙

诚如发现新的大陆

1989：黑色的鱼纷纷游出体外

每个夜晚，都是孕育爱情和邪恶的季节

到处都是自由的天地

到处都是致命的网罗

每一步，都是不知深浅的道路

1989：叶子恰绿，繁茂的枝叶等待时机伸展

历史仿佛从头开始

这是生命的一段潜伏期

自由岁月中的逸情歌谣

我将它唱给你

1989：夏季的雪山加速融化

奔腾的盲流

醉了的失业儿

这片土地上生活的歌手，卖牛奶女

补锅漏者，园丁

他们在辛勤的工作后

仔细地清洗他们的双手

从而观照自身

他们相对于谴责

更愿意自我批评

我注定亦不例外

1989：冬季的雪花尚未飘临

凉爽的夏季

潜伏的夏季

1989 年 7 月　兰州

回家

这真实的时刻，一派美妙景象。

——帕斯

生锈的机器，中午
我感到自己的力量
在拼命举一小块石头
鸡蛋大小，绿色的嘴脸
我感到那些潜伏的草
和我朝夕相处
我的邻居，他们说
"你走得好远"，夜里
谁明白距离和脚程
走啊，走啊，我对着玻璃喊

早上，血液风平浪静

他们和想象交锋后

和睦相处，离开天空

云往哪里飘

我积攒了些力气，我

试着走远，走得更远些

到一个水草茂盛，阳光

强烈的地方，那儿

人们在宗教中生活

骑着马，吆喝着来去

下午，石头在变轻

我吻着那朵花，潮湿而甜腻

我猜想花朵的历史，种子

在发展中进化

人们说："你好啊，你好吗？"

在这里，第一次眯着眼看山

根本看不远

起先我不相信一切，吵吵嚷嚷

后来太阳直刺眼

一股野草味

我扭动身躯站定，看见远和近

同时看见光

1990 年 8 月 12 日　兰州

兰州诗篇（1990—2000）

鲜花（组诗）

一

双手合十，我轻轻打开诗集
白玉的汁液淌过花茎
饱含在那未放的蕾里
我看见，镜子孤独地照耀
它想说什么，要说什么

诗坛的顶端，大师口吐鲜花
我明白，这无疑是一面白旗
猎猎的声响，割断语言
后来者有的跪拜，向失败
或者更大的胜利

最后的幸福

在疼痛的两肋下开放
在甜蜜的栅栏内舞蹈
忘记土壤，植物依然在生长
枝条幽幽地浮在水面

二

我理解死亡，如同理解
大师额头的白光
千年的爱情只在深处疼痛
疼痛，鲜花的故乡
火一样舐向我的脸

舐向我的眼睛
我的眼睛火一样年轻而充满诱惑
它不停地唱，遍地风流
万紫千红，我的眼睛搅动死水
它背叛了灵魂和肉体
歌声在山坡上荡漾

那云雀像她自己一样飞过
那白云像白云一样飘荡
这牧场里谁是唯一的主人
谁是我的客人，请告诉我

三

这临终的劲歌唱到了雪
它融化，滴落
慢慢地，慢慢地穿凿着石头
淘洗黄金，使瑕疵从白玉中流走
这歌声仿佛渐急的鼓声

它磨砺着锈蚀的刀锋
让铁具有战斗力，醒来
等待血，等待着至亲的兄弟
斜坡上，草被吃光又长出
这刀，在最锋利处感到孤独
我双手合十，向鲜花祝福

向邻居的红玛瑙祝福

彻夜的长眠使黎明更像黎明

谁能剥夺思想者的额头

谁能使黄金君临一切

四

大师们站起身，穿过种子的进化

穿过雪和盐的草场

抱着疼痛受拜，他们的左手是一棵树

右手忧伤地插入头发

那乱草搭起的巢穴

居住未能使鲜花夭折

反而使春天像梯子一样漫过山顶

看啊鲜花，看啊鲜花

你在什么时候停止

你在什么地方停止

花苞丰富的爱情，当天空盛开祥云
它层出不穷
它倒映在河水静静的绿里
鱼儿发现，当玉老时
珠子就黄了

五

我生活在幻想的爱情里
雪停时，我将白云、羊和女人赶上草坡
让她们鲜花一样生长
我看着那最嫩的，伺候得最细心
我用语言使她幸福

这时我倍感幸福
脱掉大师的外衣，丢掉带刺的鞭子
只有鲜花懂得爱情
那些诗集，她使我在每一片光芒里
始终离不开自由

她带着青草转移牧场
南山到北山，上游到下游
各人对幸福的理解并不同
但是你，为何总是在磨那闪光的钻石
那到底为什么

六

夜深了，邻居在床榻上醉去
他的疼痛镜子般照向我的脸
和我歌唱的眼睛
我也醉了，醉得使疼痛感到疼痛
使雪疯狂地飘落

铁重新回到了诞生的地方
刀锋在孤独中迟钝
它砍向鲜花
仿佛冰浇熟的果实

使枝头充满了眼泪

世界使我懂得了死亡
又让我活着
我的左手像一株树，右手插入头发
我和所有的大师一起站在坛上
接受后来者对我疼痛的膜拜

七

我梦见，我挥舞双臂分水前行
在寻找玉

早上醒来，我看到玉
她就在我的身边

1990 年 11 月 13 日　兰州

酒徒（组诗）

一

什么力量使鲜花生长
何其相似，重新建造的城市
灿烂的眼睛被丝绸遮挡
这相连的爱情大路
我确定了一种形式
我在面颊上植满鲜花
隔着火焰和文字
观看我美丽的邻居

她忽闪的大眼睛
何其真实，我为什么丑陋
我为什么如此缓慢
请看这海豹永生的皮子

二

事实上，闻到酒香
我就醉了
我搬起石头砸自己的脚
给自己穿小鞋
这使我感到午后的绚烂
那遥远的一刻
我病倒时
瞬息间铺满相像的鲜花

我注定被遗弃，远离城市
——这瘦小疼痛的码头
如草的长发，杂乱地披向
我年轻而等待的肩头

三

谁来最后陪伴鲜花

继承这唯一的秘密
她的怀中两只幼小的鸽子
在黑夜的歌声中丢失
我跌入无边的静寂之中
这是我的儿子，和女儿
是时代最优秀的钻石
我在睁大眼睛看着生命流失

我看着生铁割向自己的皮肤
这海豹的外衣，没有一丝杂质
它经历了太阳，湖泊和大海
它是婴儿哺乳的纽扣

它同时经历了重复
这让我倍感疑惑
我热爱城市的夜晚和醇酒
可是谁在陪伴我，是谁？

四

智慧的小眼睛

我的爱情的巢穴

鲜花一样微笑

她说，疼痛、疼痛、疼痛

世界在老去，我的酒后的

鸽子不会再醒来

邻居欢呼着最珍贵的

那鲜花向蓓蕾生长

我的眼中只有脚踵

只有这白银的十粒豆豆

我抱着仇恨的坛子松开手

霎时间，这疼痛的珠子遍布天地

1990 年 11 月 17 日　兰州

大草原（组诗）

一 玛曲

二十多年起伏，心怀一个太阳

大草原，是我生命的栖息地

炙灼耀眼的大太阳

玛曲是他最近的花园

他让光芒涤透心灵的死角

让阴影在花园里消失

大草原，生长大太阳的摇篮

强光剥去了肮脏的狼皮

让羊群恢复本来的面目

看青稞和杂草自由生长

他们只因热爱

而在一起！

这是随心所欲的大草原

是健康向上的大草原

那遍地盛开的鲜花，世代逐水草而居

这幸福千年的大草原！

快让阳光刺向我

让草原覆盖我

我是你幸福的受害者

是你盲目、聋哑的情人

牧鞭在马背上甩响

像一道闪电

抽过我无知的心

我将只是这个草原的客人

终生在遥远的草场外

痴情而无望地徘徊

二 若尔盖

像初恋的情人

第一次看见

哦，无边的大草原

这是纯洁，未遭玷污的绿色世界

这是牛羊满地，水草丰盛的爱情乐园

比草原更辽阔

心灵踏上求索之路

这一方明媚的天地

使少年们从此成熟

看一语既出驷马难追的大草原

看你的森林，曾经热烈的舞蹈

在时间的闪光里

都化作今夜渐渐低息的泉水声

这日益远去、日益陌生的大草原

你的生命向何处飞奔？！

你躲在岁月无情的世界里

何年、何月、何时，能再次见到你？

三 大草原之夜

黑得不能再黑时

又黑了一片

大草原，这把锐利的刀子

时时切割心灵

这黑了千年的夜晚

在一个浪子心中竟比一切更黑

比所有的伤痛、疾病、心灵之苦

更折磨外乡人——

外乡人，这生在草原、长在都市的浪子

你将什么东西丧失在白天

和黑夜的怀间

你在寂静的黑中

听到了怎样的、悄悄的声息

大草原之夜！

大草原之夜是丧失之夜

天空丧失了光明

浪子丧失了方向

群鸟丧失了歌唱

鲜花丧失了生长

哦，大草原，你用黑夜使所有的罪恶加重

你用黑夜，洗涤浪子黑黑的瞳仁

你一生只有一夜沉睡不醒

大草原，那是你接收浪子的第一夜

四 心中的大草原

想你到崩溃

走不尽的大草原

我要万物回到童年

回到这牧草、鲜花的乐园

带火的叶片

在时间中呼呼而来

焚烧着我的心灵

我让死灰复燃，回忆炽热时的光芒

我在千里之外愁情满肠！

想你到崩溃

有谁知道这深藏的秘密

我是做着白日梦的痴人

我守护着人类全部的丧失

让我走出都市，生活在草原

让我点燃一簇簇烈火

重新让情欲洗涤心灵

当草场上鲜花盛开，牛羊满地时

我将独自守着心灵的尽头

我知道，我终将弃幸福远去

而在重新的追逐中度过一生！

1992 年 10 月 24 日

草原儿女：次珍十八（组诗节选）

次珍十八岁，就做了阿妈

夏天来得这么快

次珍用一对丰满的乳房哺育孩子

等待他慢慢长大

次珍住在镜湖畔

从小赤着脚，她踩过的牧草

一年比一年丰美

次珍有一副金嗓子

牛羊吃着嫩草的时候

次珍就唱：阿啦咿哎——

歌声传到几十里外

几十里外也是帐篷

帐篷里住着次旺

一头的卷发，像牦牛

次旺也有无数歌

当次珍的歌儿一声声回旋

将雉鸡惊飞

次旺就唱：哎咿啦——

将鞭子甩得叭叭响

次珍有一张红脸庞

像太阳的印记

她天生是锅庄的胚子

次珍的模样赛度母

她的双唇鲜艳，汲过的泉水

一年比一年甘甜

次珍的双手第一次被次旺握住

是十六岁

牛羊停止吃草，向他们张望

蜜蜂在阳光下飞过

轻轻地落在格桑花上

花苞微颤，香气四溢

次珍抽出手，对次旺说

阿哥，天太热，要下雨了

次珍十八岁结婚

有一回

正在挤牛奶，就将小次旺生在草地上

次珍从此做了阿妈

次珍十八岁，依然在放牧

她的奶水充盈

饿不着小次旺

次珍从前的生活悄悄过去

傍晚时分

灶火映红了次珍的脸

她将一侧的奶头放在小次旺的口中

一只手搅拌着奶桶

等待次旺归来

冬天过后

次珍步入十九岁

十四行诗（组诗节选）

爱情十四行

羽毛
手抚如此贴切的花蕾、真实
令我在一瞬间满怀柔情
她丝绸的脸庞闪烁熠熠
怎么使我、走到了求之不得的地步
羽毛、无数根白羽毛盛开成一枝
到今天才说、一见钟情
到今天才明白舞台下
没有一双眼不渝地看你、生长
这魂牵梦绕的鲜花
她出现在一个平常的日子、打击你
早上醒来、深情满怀、热泪滚滚
无法一枕黄粱美梦不醒

无法留驻蓓蕾向前方生长
这鲜花撩人心智、她属于明天

伤口

来自天国的秘密。青瓶
绸缎朴素的叶子遮蔽
你独有琼浆玉液
空怀一腔热情。虚度千年岁月
这些天痴醉如泥。言多皆是。
不明白青瓶一生繁花如雨
在屡次解放中为何
仍是百感交集
伤口。我无限情意的爱情
我嗅也嗅不够。想也不明白
伤口高高在上。令我温情脉脉
这都得自一个梦。羽毛和火焰
她们先后诞生。繁衍。
我百里挑一。紧守着这个秘密。如玉。

罂粟
我走了，还会回来

携一壶醇香美酒，与你共饮

谁会不醉，醉卧沙场

征战岁月和石头，她们为何软如棉絮

多少罂粟开满山谷，香溢流水

行人喝不停，你热情扑面

暗孕佳酿，杨柳迎风

我醉态飘摇，步履怀春

沿路爱情充沛，看鲜花多自由

看鸽子多满意，她上下翻飞

勤奋不语，而光焰四射，饱含瑞露

不播种，也不酿造，我是一生最好的酒客

一杯我也醉，一闻我也醉

怀揣着想象，罂粟，我无法不醉

单恋十四行

单恋之三

谁让阳光砍在地上

心灵多舒畅

雪水洗涤山峦，洗、涤、山、峦

森林茂盛，树木孤单

就让阳光砍在地上

刺激万物，欣欣向上

止住即将迈动的步履

从刀鞘中让情欲撤走

只剩阳光对大地的恋

这一厢情愿，炽热如火

映照宇宙

我深爱着我不愿、不能得到的女人

这确凿的鲜花

如群星、在夜空中璀璨

告别十四行

之二

注定在醉生梦死里成长

注定在最艳的鲜花旁

流干自己的眼泪

注定情欲如火，柔肠似海

让我成为雪山下最后一个多情的王子
让我在无限的春天里做最赤诚的流浪歌手
让鲜花日夜陪伴我
紧守她永远的秘密不放
鲜花。你看我成长，促我百思不得其解
鲜花饱尝雨露
白鸽年年丰收
注定在朝思暮想中虚度光阴
注定在远离的日子里
做唯一怀念春天的人

之三
向歌手告别
向鲜花告别
为了使内心的浪潮永远汹涌
要挥泪向暴风雨告别
在远离雪山的城市
居住雪山不渝的王子
在背弃鲜花的夜晚
生长鲜花唯一的情人
让我离开你，从此时告别

让两个人因至死相爱
永不谋面
我是春天唯一的哑巴
纵使内心波涛千丈
遥想你，我一语难发

1992 年　兰州

抒情诗断章：丰收季节

丰收的季节，一把镰刀

在勤奋地工作

生命一时间扑面而来

纷繁，背叛，光亮

那大捆的油菜，黄花闪烁

夹杂着燕麦，和其他杂草

这是一个人的田野

这是诗歌的田野

锋利的镰刀掠过

惊起最美丽的鸟儿

在语言的长河中

我完全放弃了巢穴

让爱情在天地间飞翔

穿越时空，抛弃肉体

纯洁的灵魂在黑夜和白天之间闪动

我是自然之子，是真理之子

是田野中守望生命的情人

不索取，也不拥有

这个夏天，我和所有火热的生灵一起成长

准备迎接烈日、暴风雨和黑暗

还要将心脏贴向大地

和田野、草原一起律动

自然之子，是流浪之子

真理之子，是忧伤之子

是血液鲜红的太阳之子

为什么，我的诗句总是突然飞走

为什么，飞翔的影子如此孤单

是天空太高，我的喉咙沙哑

是路途太远，目光早应收回？！

在不该停步的地方停下

向昨天的长梯一层层张望

攀登的台阶上，我像一根小草

沿级而上，生长时生长，衰败时衰败

而除此之外的季节呢

一颗向上的灵魂，注定承受一切

呼呼的大风，真理的锋刃

光明的刺目，还有背叛

远离自己生长，信奉

热爱的一切

远离爱，倍受心灵之苦

你这遗世独立的孤儿！

你这自我囚禁的幼苗

丰收季节到来，你因了热爱

放弃收成，任麦子、菜花独自变黄

任瓜熟蒂落

面对这最终的成熟

你奋力展翅

带着神秘、莫名、不可言说的真理

我向比高更高，比远更远的地方飞去

用了一万年

甚至更久

风吹草低（组诗）

歌罢

万马离开了箭弦，向远方奔驰
那歌手面对盛宴
一度尽情高歌
然后渐渐疲倦而沉默
闪烁烈焰的生命
悄悄在坟茔上开出花朵
集中了所有的灿烂
也集中了衰亡
这一天的劲力，格外无所适从
无所皈依
这无法改变的一天
歌手说，我无法不用这样的语气
无法不用这样的感情说话

那稚拙的火苗在外衣内慢慢升起

烘烤着粗糙的胸脯

那清澈星空下的油灯在跳跃

映照着无所适从的幼狮以及

幼狮的眼中被迫早熟的忧虑和空虚！

这折磨树木的阳光

不安的空气中，飞动着不安的昆虫

歌手听着万马奔腾而过

听着尘土落向草叶的巨响

听着岩石在时间里的沉默和疼痛

虚怀若谷，虔诚地等待风声

重新回到这大地的耳边

按捺住树木的升腾！

这个大家庭，既喧闹又和谐

今天的旋律刚刚急促

又在阴云中舒缓，黑夜和白昼交替而来

老虎和羔羊并排行走

老虎善良，羔羊疯狂

各自在寻找充实心灵的食物

这歌手唱着，忽而睡去，又醒来

他寻找着声音和旋律

他寻找着血液和心脏的跳动

有时高声放歌，有时低首沉思

这个集中了闲散的下午

阳光没有一盏油灯明亮

也没有比跳跃的火苗更能使灵魂晃动的劲风

置身在离弦的飞驶中

歌手的心灵在缓慢地律动

他几乎在一根草芥的生长中说话

几乎在晶莹易逝的露珠中生活

无声地褪下外衣，赤着灵魂进入

四季在歌中任召唤变化

只有自然在永远不息地生长

用流水声和轻微的风声私语

说着万马奔腾，说着老虎、羔羊，说着衰亡

语气那么纯净，像不曾有过风

只有秘密和歌声，只有臣民，没有王族

这一天才是开始！天幕在渐渐拉开

天上也只有寂静，天马在黎明驰过

留下朝霞，朝霞消失后大地上隆起山脉

那极净的雪水从山顶消融

河流回溯到了自己的源

无声的世界，歌中的无声是融雪的无声

火苗在消灭，太阳在照耀

眼睛已一无用处！只有心灵在听着光亮

听着节奏从顶峰渐渐响起

随后高昂，随后万马奔腾

汇入大地的高远的歌唱

这是从焦烦到平静的一条河

河边有鲜花和白骨

有鸥鸟汲水，又有燕群掠过水面的倒影

万马在水中，在岸上奔腾

最终寂静从源头生出

牢牢地住在了歌手心间

住在了河流明净的怀里

1994 年 11 月 9 日—16 日　北京和平里

无题

野花盛开，几天内就死亡
这小小的生命经历了绚烂
不畏惧凋谢

几天！一个人能生活几十年
从童年，无意中就看见了鲜血
沉睡者如此安详，有时双手挣扎
抓住什么都不放开
唯独失却了气息

一个血肉之躯，没有现在
沉醉在过去里，幻显未来
一条河，流不过今天
谁能拦腰斩断奔腾的激情

死亡！突然掐灭的捻绳
一个火苗闪过，就只剩下棉花
骨头和大手，谁都可以展览评说
只有自己被迫沉默和缺席
这个过程要等多少年
耗尽你的耐心，不让你掌握

猝然而至！敲响你的门
你得开门，然后跟着走
这就是童年，所不知道的事
眼看着太阳下山，月亮升起
听着无数狗叫，懵懂睡去

新的一天！长大会有新乐趣
就这样迈近，无法幸免
有一天看到繁星满天
送葬的队伍在黑暗中移动
这一位朋友从此住在那里

不回来，这就是告别
什么都无法延续
杳无音讯，住在山坡上
真的就静静睡在那里

这个梦跟着你，看你奔走
你抓住别人结伴走
又找些游戏想遗忘
顶多到老年，你主动投降
风吹草低，一副翅膀来盖你
你知道了，安详地枕着野花

看流水淌过童年，流向下一刻

你从平静中看见，你的月亮升起

多明亮！对于你的这一瞬

没有血光，没有疾病，只是衰老

不再想抓住什么

知道要住在哪里，只是前去

野花第二年盛开，在同一根茎上

不是一朵花，多么相似的生长

永远不息，人住在土中

看见后来者的童年

1994 年 12 月 5 日　北京

大树

这高大的树木，在午后

舒缓地伸展着手臂，让宽敞的衣袖

遮蔽着烈日的灼热

阵阵凉风，和着粗木喷出的燥气

在大地上酣畅地穿行

低吟着鸟虫的欢歌

这高大的树木，枝叶繁盛

它自身就是一座森林

它的每一片叶子同时承受着阳光和阴影

以惊人的生命力包容着这一切

经络间，有大江和高山存活

这树木，根须深深地扎进泥土里

在时间的殿堂里坚实生长

它默默地顶着风暴和雨雪

向命定的高度生长

高过灌木，高过石崖

它直直向云层插去

这树木，在午后像一个迟缓的老者

躁动，升腾，却又不露声色

它领略过生长的快乐和艰辛

见识过高处的美丽和孤独

在午后，它沉默的躯干并不放松

这沉稳的生长中，有多少沧桑在滋润

这是一个国家在成长！

它的几十个城邦，亿万子民

每一个生灵又都孕育着一个世界

有时，透过一片叶子

你甚至可以看到比大树更大的空间

这每一个城邦，粗壮的枝干也在缓缓摆动

它的臣民们依偎着它呼吸、悄语

静静地谛听这天国的秘密

这大树，统领着整个森林

如此有秩序和生机

它和天空建立了亲密的关系

可以伸展，张扬，冲刺

它也牢牢地依附着大地

从泥土中汲取养分

而后用骨肉和风来滋润大地

午后，大树成熟而又静默

阳光穿过繁密的叶片

像星星一样缀在大树的阴影下

大树的生长牺牲了众多草木的天空

这样一种无法避免的命运

使大树从根部向上看去，携带着

一身专横和自私，还有许多黑暗

当我试图在午后描述一棵树时

我看到这善与恶的生灵

成千上万在我的世界里生长

松、桦、杨、桐、槐

那不同的国度和年龄

不同的生命和血质

一瞬间，统统幻化成这一棵下午的树

它年青、高贵、挺拔、自私

它集中了所有树木的生命力

像一只展翅欲飞的大鹏

稳稳地立在午后，立在自身的冲刺中

这大树只有一个向上生长的愿望

究竟要到多高，它不知道

只是秉承四季的轮回

循着自然的呼吸倔强地挺着

让这座森林以及它的子民

在生气和活力中跟着自己上行

那是要到神的国度？！

1995 年 8 月 30 日　兰州

梦幻五章（长诗节选）

一

光线逐渐明亮

事物开始显现它们的真实面目

外界巨大的喧嚣声中

隐约有一丝和谐与宁静

女人被认识的激情抓住了

极力分辨，捕捉

她热爱这平稳的旋律

由此失去并放弃了许多

坐在上午的太阳下

极力回想真实的生活

屋脊上大鸟去除华丽的羽毛

直向天际飞去

缄默了许久之后

女人想说些什么
张了张嘴
却无话可说
天色迅速暗下来
琴盖闭住了多年孕育的妙音

二

一个女人怀念另一个女人
无数女人走进这个下午
她们或展开双翅，或舞动长袖
也有悄悄地走进，坐在角落的
这一年中的四个季节
哪一个季节适合宴客？
这一路上的风餐露宿
哪一所房子可以容纳她们？
主人在窗外默默地打量
听到阵阵的欢笑声
还有窃窃私语，低声抽泣

分不清谁是最先来到的

谁还在途中行走

一天中的每个时辰都会开口说话

叙说和听到的是否一致

她们会陆续到来

坐在时间宽大的条凳上

讲述各自的生活

讲述隐秘的思恋和幸福的珍藏

讲述一夜的温情和无言的注目

这是一个国度的女儿

从前互不相识

她们都曾自私地生活

但觉醒的疲倦和劳累

使恋情复活，熊熊燃烧

不分晨昏，阴晴

来到窗前

她们展开一向深藏的翅膀

急切地飞向情人的村庄

这种短暂的奋不顾身

使她们的血液健康而纯粹

她们的生命硕美，子女强壮

待到这幸福的梦境一闪即逝

雨水重新在她们的肌肤上吱吱冒烟

时间重新在双手中被打理得井井有条

三

连绵的雨水浇灌着她的生活

她从初春的酣睡中醒来

继续着她的道路

貌似向前，实则向上

这被阅读开阔了的空间

使她的私生活与最为时髦的

方式接近

使她时时走在拥挤的人群中

这是黄昏的早些时候

是一个女人一生中被人忽略的片段

细长的指头在朦胧的脸庞上

毅然掠过

她像要打消什么想法

下了一个小小的决心

这是一场雨结束前的时候

生活重新被霉湿的空气变得

具有新鲜色彩

一扇扇的窗子等待打开

一件件的衣服等待阳光

女人麻利地将书籍推向一边

奋身投入具体的生活

这时她的脸颊开始泛红

呼吸变得急促

她憧憬着黄昏时最后一线阳光

给她已经湿透的屋内洒入勃勃生机

四

这夜晚来得集中而充满温馨

它来自白昼的一封短笺

一个被重复的爱情故事

从一开始就知道了结局

这告别人世多年的女性恢复了青春

在这个夜晚显得美丽、快乐而又悲观

她尽情地分享着爱情

品尝着秘密中的秘密

到了分别时只说：多保重

然后首先走开

留下另一个人久久伫立、凝望

那火热的球在年青的双手间传递

比一见钟情更迅猛而有力

击打着血液的洋面

溅起千层浪

这之中肯定忽略了什么

地下停车场的相遇

暴雨中的干燥世界

女人第一次体会到爱情

那幽深的眼中映现着春天

纤巧的手指在微微战栗

它摸到了那琴键上的秘密

一些爱情比生命更长久

女人只有一次要离开它

那是她被幸福折磨得累了

但只是一瞬间

更多的笑容重新使空气变得流畅

这是哪一年？哪一天？哪一夜？

麝香从瓶口溢出

把女人的手指浸透，直至骨头

为了爱情女人将牺牲爱情

为了纯洁女人牺牲了生命

这个夜晚，只是一天的一小部分

这个悲剧，也是生命的一小部分

炽烈的双唇被时间隔开

一个在庄园里，一个在大桥上

飞翔的双翅开始收拢

汽车的灯光最后一次映照着爱情

的脸庞

那经验的女性已来不及说声"别了"

这曲子使树叶腐烂

而经过这场战争，谁还会年轻？！

五

一封长信是一次旅行

从瀑布到沙漠，从冰峰到火焰

那真实的事物被一步步修正

直到变成完全陌生的东西

在酒宴中，在少女的眉眼间

麝香的味道也会四处弥漫

珍惜良宵的女人

修长的手臂几欲弯曲

她想紧紧地搂住火焰的身子

曾经陌生的身子

并将这一杯酒递给他

并非第一杯酒

只是最挠心的一口

像毒汁一样穿肠

罂粟一样使人上瘾

这麝香的杯子

从一只口递到另一只口

多少年就这样过去

宴会散了，宾客离去

蝴蝶在帘幕及杯盘间追逐

灯光闪烁，忽明忽暗

窗外只听到雨声滴答

而最初的女人

后来经历的女人

她们的黄昏

只有香水味和一杯陈酒

在书籍和手指间缭绕

1995 年 10 月 28 日　兰州

夏天：一只鹰（长诗节选）

一只鹰，漫无目的地在天空盘旋

它沉浸在自己的慵懒的思想中

经历过雷电和暴风雨

领略过孤独和饥饿

它有足够的力量在这方天空

自由驰骋

但它却常常享受这盘旋的平稳和舒适

迷失在过去的回忆及片刻的宁静中

它也曾幻想高远的天空

期望在强大的气流中展示自己坚强

的双翅

它又常常问自己：那又有多大的意义呢？！

一只鹰，飞翔使它早熟而又知命

它更多的时间盲目地滑翔

被稳定的生活牢牢地吸附在它
真实和遥远的梦里

1996 年 10 月 9 日　兰州

大地上的三朵花（组诗）

天堂点滴

1. 北方，一座叫天堂的寺院
月光下一趟趟担水而归的僧人
至少点亮了三盏灯：
勤快，洁净，充实

2. 神圣的上师喜爱好石头
石崖上生长的蓝宝石、玉石
大河边花纹奇异的鹅卵石
有空就去捡
带着学生
花一个下午坐在乱石堆里
专心致志，不论捡到多少
直到黄昏时才归

心上人也是，在西藏

她一次次感叹：

多好的石头，真想用它

盖一座房子！

3. 出了果园，要去大哥的家

他在河对岸，是外省人

自行车不知不觉过了吊桥

一路欢快的铃声

大哥觉得弟弟已经长大

后来他让弟弟自己回家

一块块木板铺向对岸

铁索桥在汹涌的大河上摇荡

一阵眩晕，袭上十六岁的心头

他耳边一阵阵回响起果园里

听过的歌

那是一位未谋面的表姐，在录音机

中反复地叮咛：

记住我的情，记住我的爱
……路边的野花你不要采！

向日葵

1. 是时间，让向日葵来
从库尔勒，还是昭觉？
一团朦胧的白光
像灯笼一样飘向今夜
密封住了守夜者的石屋

一个声音，从去年开始就在说：
顺其自然，好吗？
这是一个喜欢倾听别人，最近
喜欢倾听自己的人
她"谢绝了华灯下的盛会"
独自品尝着太阳的秘密
"走过很多地方，但去年
我开始爱上石头！"

她在说北方的火焰山
以及西藏，这么烫，又独特
从生活的地方出发
路途太远，"爱石头，但负担太重！"
"因为追求，我开始借助现代工具
一次接一次——飞！"

2. 在欲望之上
哪怕是一尺花布之下
向日葵，携带着经验和力量
盛开在大地的南方
在梧桐树下，芙蓉丛中
看上去十多年的鲜艳
太阳下有三世的风华！

因为向日葵，向导迷了路
在寺院和情人的村庄之间
他握住一位行路人的手：
请告诉我，我要去哪里？

3. 从黄昏，情话说到午夜

耳朵出汗，舌头发麻

阳光，对向日葵滔滔不歇

而对露水，却一闪即逝

从高高在上的北方

给平坦的南方写信

一棵向日葵，深情而快乐地

赞美那高高在上的太阳！

姐妹

1. 在天堂，时间过得缓慢而迅疾

那些劳动的马儿步履沉稳

而执鞭的四姑娘内心焦灼

这是四朵时间之外的花

岁月没有在她们的灵魂中抹去美

却耸立起高高的雪山

圣洁的城市和道路

每一匹马儿都将到达终点——幸福

每一根鞭子都蕴藏着爱情

和痛苦

2. 七月，西藏，这是姐妹们的纪元

时间从零开始

她们的血管里流淌着处女的血液

她们的双唇上只有母亲的吻痕！

3. 南方巨大的水库，适宜浇灌干旱的北方

"那一块明珠，适合佩戴在

谁的胸前？"

从日喀则，到江孜，到羊卓雍措

高原的阳光一次次照亮智慧者的额头

谁深情的双眸，在归途中看见吉祥的

彩虹？！

4. 四姐妹在大地上行走

耐心地等待时间要给的

最早醒来的姐姐，得到了蜜和刺

跟着走的妹妹们，得到了沿途的

欢呼

四姐妹因为亲密而最美

因为最美而充满诱惑

她们走过的城市

散发着疯狂的气息

她们注视过的路人

从此无家可归

"开始写长信"，变得烦躁

终生不安

5. 刀子想割断昨天

酒浇沸了今天

"石头的屋子"建在明天

一次叙说，一次跋涉

"我回不来了！"

走多远，就停留在那儿

走一次，就到达目的地

真正的走，将脚印留在心里

每个走过的人，都将、都已到达！

6. 雾中的四姐妹

谁不害怕被你们注视？！

上天选择了四座山

使他们从此爱，寒冷，停止

这被四姐妹诱惑的痛苦的雄峰啊

从此也洁白，挺拔，高高在上！

石头

1. 恩师，教我选择石头

情人，使我爱上了石头

在雅鲁藏布江上

一只鸥鸟像抛上天空的石头

急速地坠向江面

我在船上，思索着这致命的飞翔

2. 命运不让一个人太快乐

用伤痕平衡她的生活

她怀着苦难和幸福

独自面对自己

那个有烧酒的村寨

背靠八月，"丰臀女子"

乘着二月的马车而来

速度一日比一日快

她晕眩，昏睡不醒

在一个叫"小公主"的床上

说着梦话，看不清自己的早晨

3. 冬天到来，昭觉的天阴了

打雷，闪电，暴雨

淋湿了此地的每一个人

死亡，焦躁，流泪，写信

太阳的消息每天都能听到

但看不见光芒

狂风一阵紧似一阵

偶尔停下来

每个寒冷的人都疲惫地睡去

4. 向西，有个虚幻的地方叫
库尔勒
因为偶然以及必然
它进入四月的生活
烈酒和香梨的城市
醉倒了无边大地上的姐姐和妹妹
噎住了吃梨的哥哥
"这第一口，谁说不是最后的
一口？"

四十八个小时，火车自西向东而来
我回家的姐妹，醉卧兰州
早上醒来，她不敢相信
自己睡在命运的床上
丰腴照人！

5. 让我的双唇吮紧你的双唇
请把你生命中所有的病菌给我

让我的肉体贴紧你的肉体
请把那灼烤你灵魂的高烧给我
让我跪伏在你的身前
用我的脸颊给你炽热的双手一份清凉

让我疾病缠身，灾难临头
只要你青春的身心健康，双眸明亮
这个季节，曾经
深情地向我看过一眼

6. 在扎什伦布，因为充满心中的爱情
我对爱人说：
"请你坐在高高的石阶上
接受我对你的跪拜！"

7. 爱你阳光下卷曲的秀发
爱你眉宇间闪烁的光亮
爱你双眸里流动的风情
爱你口唇中轻吐的气息

爱你双手点拨的旋律

爱你双脚走来的真实

爱你胸怀间蕴含的大气

爱你的顽皮以及许多小心思

爱你泥土的故乡

爱你如风的歌喉

爱你心中荡漾的圣水

爱你灵魂中炽热的焰火

尾声

1. 路途上怎样一个喉咙沙哑的歌者

他爱着，写着，唱着

为这大地上盛开的三朵花

向日葵，石头，姐妹

为这姐妹中的一个

他冲击着命运，又顺应着命运

谁让他有这梦中的四姐妹
四姐妹不幸有这穷困的一个哥哥

2. 我渴望乡村古老的大地上
一股冲天而起的桑烟
它浓烈而又向上的香味
洁净我业障累累的姐妹！

1999 年 5 月 15 日—10 月 25 日

兰州一成都一天堂寺

下卷：2010 后

三朵花（组诗）

出离

那所有离我远去，离我远去
轮回中的因缘和果实

那离我而去的烦恼和痴迷
离我而去的心跳，低吼，烈焰
离我而去的一条条路，虚弱，雪
离我而去的奔跑，原子，毒药
都在这一刻蒸腾，成一缕青烟

成一盏明灯，一朵盛开的莲花
一个洁净的杯子，一座华丽的空城
一口气，骑着彩虹的灵识
一个音节，音节上你的角度能看到的虚无

那所有离我远去的戏剧，以及剧场
我静默里看到的故事
痴迷时照过的镜子和里面反射的面目
那鸽子、蛇和猪，它们血缘的烦恼
那种植和收获的秘密
那撕开这张白纸的智者的低语

离我而去的岸，岸边的水的涟漪
和我看到的迷乱
看到这一切，而我正在远离
这是与你告别，也是为了更好地回来
与你们相处

菩提

剧场里没有观众，只有回声
你设想自己脱却虎皮，为虎添翼
手持利剑，斩断那脆弱的枷锁

你用心血喂养濒临死亡的孤儿

放开笼中的鸟儿，让它自己飞
也给迷途的旅行者带路

剧场里已经谢幕，你为了幕后的辛苦
撕开了真相的大幕
灯光熄灭，人群散去
唯有母亲还在那里抽泣
背后无数的影子若隐若现
那反复的纠缠和跌打，千百次的撕扯和扭曲
那骨头的大山，眼泪运载的迷航的船

哦，你是剧中的国王，船夫，还是牧羊人？
你独自拉上大幕，在角落处静坐
你想首先成为灯，然后给母亲光明与温暖
你想成为母乳，给暗夜里饥饿的浪子
你想成为桥，为风雪中寻找方向的游子

静静地坐在那里，忆念父亲的教诲
专注于当下的这一刻，仰望着十二年一个轮回
期待巨大的莲花盛开

果子

当你看到莲花盛开，莲花同时消失
并没有你所期待的硕果
也没有你的期待

一盏灯，在狂风中并不摇曳
灯油，灯芯，点灯的手和火苗
所有的花瓣积聚了时间和岁月
凝结成这一刻停顿
你从你的角度，看到了你自己的面目
它从它的方向，听到了来自烦恼的声音

一片花瓣，有无数个故事讲述她的成长
看到她的艳丽和芬芳，就是一份愉悦
所有的愉悦汇聚成愉悦的海洋
就是一种方向

而这片花瓣和故事，并不存在
所有的芬芳和艳丽也是虚幻

理解这虚幻，你就理解了果实的成长
理解这成长，你就理解了愉悦和闪电
你理解了心痛，痛因
你从前行者那里知道了斩痛的方法和道路

当如花如幻的文字在这里呈现
她架构着一座沟通你我之间的桥梁
当我无时无刻不念着你
当我无时无刻不坚持走向你
我们胸怀彼此的净土
我就是你，你就是我
船和船夫，国王和臣民，牧羊人和羊群
皆如露水般消失
我们看到，我们在这里
但我们知道，我们不在这里

2012 年 12 月 10 日—11 日　成都

一只从世俗走向真理的虎（长诗）

一只虎，从一首诗歌的词句中，走到这里
她穿着华丽的皮毛，迈着自信的步子
伸展着嗜血的舌头，甩动着致命的尾巴

一只虎，越过所有人的见识
进入我的脑海，我看到的她
和你们看到的几乎一致
有我所有关于虎的印象和记忆
也有对她陌生生活的误读
掺和了豹子、狮子和传奇小说
我心中的虎
是一只贴着我个人标签的动物
一只观念中投射的世俗的虎

一只铭刻在脑海深处的猛兽，她有令人羡慕的温柔

当她肉足水饱，体态优雅，步履从容

呵护身边的幼子，再大的危机，从不伤害她们

我们年幼时的记忆里，她亲切的形象仿佛一只大猫

这只猫，生存在我们的世界边缘

原始森林，偏僻的乡村，或者动物园，马戏团

她有天生王者的尊严，也有屈服于命运的柔软

被人参观，钻火圈，等待驯兽员赏赐的一口肉食

你可以从中看到戏剧般的命运

一只虎会因为饥饿和生存，啮食其他生命

但她也会适应马戏团的规则，听命于他人

一只上山的虎，为人们带来希望和权力

一只下山的虎，在平原，可以接受与犬类和谐相处

这只虎，有时候是力量和凶猛的一阵风

有时候是世外高人身下的坐骑

你可以观看她，回忆她，研究她

也可以想象你自己就是一只虎

需要力量的时候，穿上虎皮，势如破竹

需要慈悲的时候，脱下虎皮，收起利爪

你可以为自己添翼，放飞梦想和愿望
你也可以为关爱幼子，做强势的母虎

这就是一只老虎的屁股，被我从笔下摸到
顺着脊背，慢条斯理地感受她的呼吸和情绪
想象着她来到我这里的因缘
和她何时离去，从此到哪里
一只虎的存在，究竟会积聚多少益处
而这只虎诞生，会伤害到哪些弱肉强食的生灵

这只虎写出来是一个字
而在脑海之中，却是无数的画面和评判
每个人看着她，有不同的心跳和感受
有爱和怜惜，也有恐惧和厌恶
她在我们的日常之外被提起
却可以影响我们的世俗情绪和话题
可能她只是一种说法，一个遥远的故事
但她的声威和力量却可以穿越时空，迅速而至

一只虎，在另外的世界生存

无意中进入我的诗歌

她若隐若现地走过我的童年和成长的岁月

始终远远地和我相随

我敬畏她，也时常在心中为她祈福

我知道她还有别的名字和命运

一个世俗的观望者，无法改变她的旅程

使之更好，或者更坏

也许她只是白云掠过头顶的一个影子

风儿吹来，就会消失

如果不忆念并写下她，她会在哪里

当我试图从一只观念的虎探索她的意义

我看到她正盯着我，向我走来

她将抬起利爪，抽向我的执着和无知

也可能会被我满怀悲悯地回视

直到虎皮斑华丽的碎片尽皆消失

融入一片虚空

2012 年 12 月 19 日—22 日　成都

尘世生活

轮回不是我们的前生
或来世的故事
它依附着身心，在一生中无数次上演
有时一天中也会涅槃
然后下坠尘世，继续走边修边行的路

我们或许渴望高处
也会在低处享受
快乐和对快乐的追求
骨髓里伸出的无数只紧握花的手

时而在平原上种植罂粟
又在喜马拉雅收获凛冽的清风
也会去第三处，吃着食物
点盏灯，生育着子女

一瞬就是百年

一刹那死生无数个来回

大多时候我们不知道因为什么

只是顺从欲望或秉性去收割，任风吹拂

从海底，喜马拉雅火山一样崛起

对于纯粹的世俗生活，它有相对的高度

起点可能比低处还低，但坚挺的上升态势

看起来漫长的变化之路

恍若千年

也许只是须臾

为了在最高处过一种生活

每时每刻都可以从所在地出发

2013 年 10 月 17 日　成都

美丽的兔角

天空不需要说她空
正如兔角不需要说她有
这意念中的花朵
她的盛开，如同一场
事先被张扬的艳遇
在对细节的幻想和虚构中
缓缓拉开大幕

故事从当下开始
在下一刻自由地上演
如同两驾马车，相遇在众人的目光里
车轮腐朽，在行进中沾满了
粪土和花香
马儿健硕，额头闪烁着以往岁月的幽光

在四目相对的那一刻

围观者的手攥紧了

他们从各自的角落期待下一幕

暗含着我们对平凡生活戏剧化的渴望

一场事先被张扬的艳遇

如同许多事先未被张扬的艳遇

都会有潜藏的探险和刺激

聚会中缭绕的烟雾和思绪

酒杯里交叉的眼神和追逐

脑海里夹带来时的路上的一些记忆

言语里闪烁斑驳陆离的切片

模棱两可的机锋，可有可无深意的潜台词

有时候一个火苗，或者一只飞虫即可改变轨迹

牵手或者告别

两个背影都会隐没在夜色深处

兔角，是现实中并不存在的

一朵美丽的词语之花

她被研读，触摸，围观

她活在我们的日常生活之外

偶尔被说出

蕴含着空灵的美和真相

我想象着她

如同想象着那场无法预测的艳遇

2013 年 10 月 31 日—11 月 1 日　成都

海燕的绽放^①（组诗）

　　每一朵念头上盛开的花朵，都有一双关注她的眼睛相随。

——题记

诗词中的海燕

被诗歌呼唤，一只海燕
穿越暴风雨和时空
来到素净的纸面

梳理着柔软光洁的羽毛
舔食飞行中给过阻力的词语
那些使飞翔更高更远的句子

---

① 为微信群"香积厨（成都）诗酒会"同题诗歌而作。

一个个悄悄排队落地

一只海燕，有着白云一样的胸部
太阳和月亮的眼睛
风儿的呼吸
能划破虚空的翅膀
在诗歌的吟唱里
会倏然而至
像一道激起灵感的闪电

这只海燕脱下羽毛
和旅途的装饰
伸出浑圆修长的双臂
"几欲搂住火焰的身子"
怀中不经意窜出的两只兔子
扑面绽放圣洁的美丽

一只海燕，剧烈的暴风雨想吞噬她
激情的词句，纸张和笔墨
等着勾摄她

字里行间扑腾着翅膀的张力
句句吟唱都在等待撕开心灵的一角
抵达肉体辉煌的战栗

在油墨芬芳的夜里
许多失眠者殚精竭虑
要用诗词摩挲海燕的肌理

有一瞬间
海燕两只洁白的翅膀张开
紧紧地抱住了
吐纳她的
粗笔

念头中的海燕

一只海燕，从午夜的一串念头中蹿向夜空
任凭思绪追逐

我跟着她攀缘，上下翻飞
不忍心让她消失
我想象她在字里行间存活
有肉欲的焦灼
和麝香的气息

我和她一样
有史以来在心里豢养着三只宠物
海燕日日追逐着蝮蛇
野猪时时欲咬噬海燕
我们共同在轮回中度过一个沉浮的梦
又从另一个梦中飘飘醒来
我朝思暮想
意欲带领迷路者走出孤旅

我爱过生灵双唇间流动的气息
毛发中暗含的火焰
柔软的肌骨的芬芳
明灭的起伏里潮湿的秘密
我和欲望一起生活千年

在念想的快感中一次次解脱
仿佛怀中两只乳兔
头上生出了美丽的兔角

午夜时分，我一次次捕捉
思绪中破土而出的海燕
精心打磨她飞舞的身影
和缘起中绽放的舞台

一阵睡意袭来
念头悄然隐去
同时隐去了白纸上
逐渐模糊的黑字

有个女子叫海燕

我看见大江边一处流沙的浅滩
月色下一顶泛着金色光芒的帐篷里
影影绰绰几个身影在变幻

这里有个女子叫海燕

她在向未来

和别人分享她的梦想和欲望

她不是诗歌中苍白的词语

不是午夜念头中的一缕青烟

她来自大海边

有一个许多人会梦见的名字

2013 年 11 月 21 日—22 日　成都

心续之梦

梦是另一半人生
我们在其中生活
当我们醒来，在梦中离开
不久，我们还会回去
只是到了另外的地方
另外的故事和人生
梦中比醒来的生活更丰富
也更有戏剧性
我们在梦里飞行，穿越时空
和死去的人相遇
又和健在的人在另一个维度交流

我们醒来的工作
最终会归于梦
而人人渴望会有一个好梦

我们给身体培土

用语言灌溉

只是为了养育自己的心

让心的续流流向梦

梦中有我们醒时渴望的生活

而梦也不是终点

我们更渴望从梦中醒来时

也会和梦里一样自在

心是梦的主人

为了梦中和醒来后的喜乐

要时刻护持这颗

传世的种子

2013 年 11 月 24 日—25 日　成都

一滴水中的江南 ①

江南之江，自千里之外的
冰川雨雪而来
高处的人们接近源头
在季节中与无数小溪共处
他们时常跪伏在雪山脚下
祈祷水源丰沛，洁净
永不枯竭

江南江北，在源头的人那里
只是遥远的传说
他们看着日夜的奔波
汇合了一路的污泥和浊水
只是希望让江水恢复平静

① 本诗为参加"江南叙事"诗歌征集活动而作。

清澈如初

面对蜿蜒浩渺的江水
江南像右手，江北像左手
左手种植完小麦，端着大碗喝水
右手放下稻米，牵着女子回家
被江水浇灌的两岸大地
一样生生不息
烟火千年不断

高处的人们总爱说：
"一滴水只有融入大海
才不会干涸"
透过这一滴水
可以看到大江不时掀起波澜
看到千古的往事像燃烧不息的烽火

透过这一滴水
也可看到锅灶上弥漫着勃勃的生机
煮药的砂锅沸腾着复苏的渴望

墨汁和酒精

在各种器皿里酝酿

一滴水孕育着江南

一滴水也在福泽江北

另一滴水在江边干涸

它从两岸繁华的烟雨里解脱了自己

更多的水随波逐流

浩浩荡荡，汇入大海

2013 年 11 月 30 日—12 月 1 日　成都

甘露与火：舌尖上的修行

众尊脉中住，心性乐空栖。

——题记

自心中幻化出合十的双手
面对五谷杂粮，或者山珍海味
世间所有可入口食物的上空
生出嗡、啊、吽三个字
她们闪烁白、红、蓝三种光芒
天地间的一切能量被尽皆摄取
进入这神圣的三个字
真言密语的非凡加持
在意念中如阳光、如雨露
缓缓注入所有的饮食

这原汁原味，或丰或简的供品
在三色光芒照射下
色味虽然保持不变
但各种不洁的毒素瞬间消除
化为祛病、增寿、益身心的甘露
这纯净至美的甘露啊
愿天上人间此刻共享！

嗡啊吽！嗡啊吽！嗡啊吽！

腹中随后开始有烈火升起燃烧
慢慢烧熔了体内五谷的精华
入口的甘露一点点跳跃蒸腾
丝丝密密流布身心各处
她们补益精血气脉
养育体内万物
使得自身的世界里
万类生息尽皆如意！

嗡啊吽！嗡啊吽！嗡啊吽！

从真实供奉，到意念中呈现

从舌尖，到身心各处

这场想象中上演的精彩戏剧

使万千食物化为殊胜甘露

日常餐饮在智慧的传承中

成为一场乐空不二的盛宴

成为世俗生活走向诗意的宝石阶梯

2014 年 3 月—4 月　成都

7 月修改于天堂寺

三江源点滴（组诗）

一

玉树，是轮回中欣然相遇的一个地方
每个人来之前，都有不同的起因和立意
八万四千条道路可以追溯到出发的地方
每一步的开始，都指向这里
当所有的人此刻在这里相聚
这就是"玉树"

慈悲的嘛呢石，智慧的三江源
是我们短暂一生的临时栖息地
我们在这里的炊烟里熏习
在共同的业力之风中歌舞
阳光、草原、河流和石头
都恰到好处地呈现
每时每刻皆孕育着良好的缘起

二

没有肉体，不会有心灵
肉体是真实的奇迹
心灵是气血的梦幻
每个生命都隐藏着一位圣者
每朵鲜花隐藏着果实的种子

三

观察火焰焚烧的绚烂
将欲望化为清凉的露水

四

岁月磨砺，让颜色显出了它本具的
季节层次，了解了观看它的奥秘
那些花朵，放慢脚步

能看到枝头的俏丽
风的低语，也开始能听清楚呼吸
你看见了以往不曾见到的细节
明白了根茎的脉络和习气

五

一场雨是水和风和云和雷电的缘分
"再来一场雨！"
这是生灵对短暂快乐的渴求和执着

六

我到过这里
我有机缘又到了这里
碰到你，触摸你，感悟你
这需要阳光、雨露和泥土
同时需要耕耘，和种子

我到过这里

又离去

千里之外的一棵苗

因此发芽

七

没有污泥，不会有莲花

没有这一刻，不会有未来

生命中每个人都曾是亲人

试着减少自己的碎语

洁净自己的心田

把荣耀留给净土

那些污秽的土壤和尸骨

在意念中变成鲜花和熏香

褪去陈年的衣衫

天然洁净的肌肤纤细裸露

八

"我们称自己的出生地为故乡
然而事实上
在六道轮回之中
没有一处不是我们的故乡"①

九

每一个字词具足身、语、意三密
她既是她
又不是她自己
你听到她、观察她、熟悉她
在因缘际会中真实感觉、触摸她
每一个不同的开始和组合
她有着不同的秉性、力量、速度
当字词借神圣之光照亮自己

---

① 出自顶果仁波切语录。

她同时也从纷繁的语义中解放了自己

字词本无轮回和涅槃

她洗却铅华，放下二元对立

活在当下的每一首诗歌里

2014 年 5 月—7 月

7 月 19 日—21 日　整理于天堂寺

天堂镇短章（组诗）

我在天堂镇，思索着今后和往年的一些事。

试图写下愉悦自己的文字。

——题记

一

离源头和时间越远

河水越浑浊

食人的鳄鱼，和河滩上的

一百零八座宝塔

同时消失，成为传说

农庄渐渐像个城镇

每年都有落水者的死讯传出

二

没有镜子，如何看自己的脸
闲散的时光，任由念头缭绕
更多时间保持沉默
吝啬口中每一个无用的字词

三

一些时间用来埋葬记忆
一些陈旧的账目需要清理
孩子生下，就得养大
今天比明天更值得重视

四

做力所能及的事情，有时超出能力
顺从因缘，倾听不知是否准确的心声

那些被判断紧跟着的念头，日益清晰
那些内心的计算，迅速有了答案

五

一些人在灾难中告别家人
另一些人上了路再没有回来
还有些人把尖刀扎入别人的身躯
也有人在绝望中点燃自己

有些小病，让不幸者突然离世
有些牢狱之灾
让人悔恨那些不谨慎而无辜的过去

六

要寻找什么？在这遥远的故土
要躲避什么？在这今生的家园

七

调整焦距，关注一些重要的事情
从安住成瘾的桎梏里挣扎
和自己的习性做一些搏斗

半生云烟，散落无数的珠子
要试着串在一条有趣的线索上

八

心越来越向自己靠近
身体要长久陪伴精神
二者牵手彼此呵护

九

那些来去不多的思绪

指向当下，一些愧疚和歉意
扳着指头数那些青苹果
平静的生活需要耐心，和隐忍

十

一首诗，就像心灵的垃圾
死角和隐蔽处都被一股脑清理
有些裸露着，散发腐臭味道
有些被精心包裹
悄悄地抛弃
多少秘密就此在这一生消失！

十一

每个人的一生都要有这样一首诗
它沉淀了那些飘浮的思绪
说出了几乎无用的话语

消磨了时间，像一个浪头
徒然地被后面的浪头淹没

十二

一些人从天堂出发，到异乡寻找天堂之路
一些人在天堂，努力成为本地人
另一些人在天堂，纠结着尘世无始无终的烦恼

十三

我在天堂镇，思索着今后和往年的一些事
试图写下愉悦自己的文字
当我专注这些信手拈来的思绪
言说的快慰
竟然让心灵的烦恼
在这一刻解脱

　　　　　　　　2014 年 8 月 16 日—25 日　　天堂镇

互助^①：十二盘^②（长诗）

> 在我的故乡，有一个地方叫互助。
>
> 十二盘，是故乡一条蜿蜒的山路。
>
> ——题记

一

最绚丽的一道彩虹

最是惊心动魄

雷和电在乌云和激情中相遇

爆发烧毁世俗的闪电

千年时空中无可避免地交集

附着在这一刻显现

---

① 青海省互助县。

② 互助县境内一条盘山公路的名称。

七彩长虹，盛大、艳丽、典雅

耀眼的光芒笼罩了见识过她的人们

和她自己

轮回中转瞬而逝的光华

余韵缭绕，久久不散

二

疾病和草药是一场比赛

捂住双眼，看谁在疯狂的奔跑中胜出

那些高烧，放纵，无所顾忌的挣扎

营造了一幅美丽的浓墨重彩的图画

疼痛有自己的气场

感染了围观者的思绪

表演，集体狂欢，盲目的舞蹈

最后被一根稻草惊醒，痊愈

大病之后，留下病魔在心里最后的叹息

三

青春是一处避风港，掩饰了
所有的荒诞和无耻
绿色的田野里，自行车的铃声
清脆，无忧无虑，在夜色中穿行
冰凉的水泥石板，婆娑的树丛
轻率写下殚精竭虑的当下生活
草稿就是作品，过程即是结果
当滚滚巨轮第一次呼啸而来
墨镜成了心灵的遮羞布
让火烧到最旺，直到成为灰烬
干柴和杂草同时为这场典礼献身
血和泪共同为青涩的年代洗礼

四

回到第一站，混合了诸多身影
古老的城墙附近，奋不顾身的告白

翻过禁地，偷食园中的瓜果

懵懂的战栗，与夏日的一丝清凉

化为眼帘中一望无际的向日葵

在黑夜醒来，然后在黑夜昏睡

那梦幻一样的古老欲望

那姐妹相续的时间游戏

蕴藏着飞禽和走兽的秘密

相互纠缠，前赴后继

让毒瘤一天天长大，流出恶臭的脓水

让累积的种子开出淫邪的花

这一站必须要路过，才能得到清算

这一生必须要在淤泥中摸爬

才能绽放心意的莲花

五

曼妙的歌声，有迷幻的魅力

那如泡影的情景伸出手

抓住了做梦的心

在戏剧和现实中如何抉择

这需要付出一定的牺牲

有取舍，就有悔恨

有时候为过去伤心，并不代表你喜欢旧时的路

孤独一人，或许是最大的自由

黑夜里摸索，适合一生厮守的人

在拐弯处才会出现

那些音符、长歌，那些穿透灵魂的痴望

堕落成一场酒后的狎昵

柔软的席梦思上的抓狂

失去的可以说是最好的

最好的不一定是你想要的

六

早晨的露水，打湿了赶路人的眼帘

这是一种新的体验

始终没办法表达出来

什么叫作目标，什么叫作道路

什么是路上的初心

挣扎着要飞出鸟笼

窒息心灵的弯弯路

金蝉脱壳的日日夜夜

追逐着什么？躲避着什么？

像扔掉一件旧衣服一样扔掉一段路程

让那些尘埃回到它们自己的土地

七

这是追名逐利道路上的一个站点

是浮躁人生的意外收获

这是天上掉下的馅饼

不经意地啃噬着、游戏着、披挂着

在一座城市，有一个地方，人烟稀少

那些悠闲而又焦虑的出走

那些盲目而又无助的归来

那些未曾珍惜的拥有和享受

都在夏日的鬼使神差中告别

一场由业力刮来的轻风
按部就班、一级一级地吹拂到终点
使一场梦在倏忽之间醒来
再也无法拾起，那些枝节
那些浑然天成的节奏和沉默
那些悠闲自若的选择和生活
都在决绝中进入回忆的一页

八

一切都在昨天，昨天如同隔世
轮回中螺旋上升的路程
每一步都在走向高处
我看过你，再次看到你
反复的见识使真相逐渐显现
我们的因缘脉络日益清晰
已经了结的，从此几无瓜葛
尚未到头的，在另一个拐弯处相遇
每一次相遇如同初次认识

你不是昨天的你

我也不是昨天的我

我们相遇在各自起点和目的地的中途

对一些人来说是暂时的栖息地

对另一些人或许不经意成为终点

然后，我们目光相遇

再次走失

秋日的嘈杂，伴着收获的疲惫

人生的道路走过了一半

清点那些沿途的风光和失意

那些轻易得到又随意抛弃的年华

那些率性而为、恣意挥霍的血性

会突然变得安静

耳根、心灵变得很少有人和事物打搅

喧嚣的时光成为不辨真假的回忆

就这样让过去仿佛一场梦

让每一束燃烧的枝叶遁入历史深处

东南西北，十方虚空世界里一片清净

九

粗布的裤子，宽阔的脊背

结实的劳动者，从背影看过去

可以独自承担自己的命运

走很远的路，掌握部分未来

这是四十岁以后的风景

有时候戴着牛仔帽

手里拿着一本书，不是一般的书

这些书里有故事，有关于当下的生活

有遥远的梦想和诗意

有时候拿着铁锹，有时候提着一包药

穿着结实的牛皮靴子进门

又在丝绸的睡衣下裸露自己的双脚

这是一群人的剪影

她们代表了远方的人，和有距离的生活

偶尔和你交集，甚至成为你的姐妹

也是在隔着玻璃微笑，慵懒地放松

一杯茶，几句问候，随后被各自的生活拖走

来不及告别，仿佛不曾离去

但是从来相隔千里

你看着这些人排着队与你擦肩而过

你看到她们的肉体，健康而有弹性

她们的身影，坚强而又孤独

这是你的视野内的风情

是你的故事，你的故事和她们共同讲述

内容是，这一系列故事中没有你

十

在自己导演的情境中狂欢，然后受伤

搬起石头砸自己的脚

在世俗的泥沼里摸爬滚打

一意孤行，无所顾忌，无情无义

在茂盛的瓜果园里，边摘边吃

边吃边扔，果核、口水、垃圾吐了一路

有时候吃完肉，丢了骨头

好心的人们一一捡起，悄悄安置

骨头也有骨头的尊严

那些无人知晓的时刻和地点

你的名字被提起，作为转折

延续着黑夜和阴影中的秘密

这一幕混合了太高的浓度

时间和遗忘可以稀释

出离和慈悲可以直视

那些激情，心不在焉

魂不守舍的时刻遇到的人

那些路过就被忘记的路牌

喝完就丢弃的酒瓶

握过就消失的双手

对视过即被漠视的眼神

恍如湖面上狂风吹起的波纹

云卷云舒的倒影

记住这一切，是一种烦恼

忘却这一切，是一种决绝

从自己建造的剧场里走出

不要让后来者陷入狭隘的困境

每个人有自己的棋局

等待卒子过河，马走自己的角度

结局不是谁死谁活

只是在交错的格局里认识自己的命运

十一

装满杂物的抽屉，墙外的汽车喇叭

最后上交的考试卷子

焦急中散落一地的豆子

从第一次捧到手心的蜜糖

到医院玻璃器皿的救治

不计其数的心跳和火焰

数不清的日子和枝叶

在时空和岁月中流逝

从第一次懵懂中看到生和死的壕沟

到决绝地背身离去

远处的山峦一片绿色

转眼点缀了金黄和橘红

粉色的婴儿帽，变幻的母性情绪和烦恼

逃跑的肇事者

这些罪孽要多少忏悔才能清算

这些因缘要多少轮回才能了结

在奔跑中停下脚步

看看前面的路还有多长

数数口袋中的资粮还能消耗多久

夜晚有没有栖身的房屋

身旁有没有做伴的爱人

孩子活下来多少，可以延续香火的有几个

柴米油盐是否短缺，漫漫长夜里可否抵御饥寒

那古老的生老病死长河

流过每一个肉体的枝枝叶叶

用时间梳理风花雪月的来去

用心灵丈量前程往事的轻重

用肉体负载每一天

砸断的骨头，用筋连接

业力的清风，在高烧中洁净

当一个个走失的孩子回到父母的身边

骨骼的轮廓里隐藏着多少祖先的秘密

眼神的光芒里暗含着多少冰火的交集

这一生的指头从手到脚

是否数得清冤屈的灵魂

无数世的债务今世偿清

无数人的血泪现在擦干

干干净净地上路

从零开始出发

十二

这应该是最后一道拐弯

那最早到来的，最先凋谢

果实在守候者的身边坠下

这最简单的，有明显的优劣之分

盛开的时候光芒怡人

怒放的时候烈焰滚滚

这是对日常生活的考量

是在世俗的琐碎中的验证

你毕生的努力，撒下的种子

要在这里开花结果

你的背影，要从这里丈量

你的光芒，从这里反射成为波纹

这一路身语意的风尘

在这里抖落

携手共织的锦缎，在这里铺开

千年的路上，这是最后一处弯路

2014 年 9 月—10 月

天堂寺—成都—天堂寺缀成

监控摄像

所有的罪恶都是可逆的

你从这里看到施暴者

然后追随他来时的足迹

直到出发的地方

你看到事物的种子如何发芽

事情如何从平静

演变到悲剧

当事人如何在自己的烦恼里徘徊

最终走向祸及他人的道路

一个个摄像头记录了过程

甚至自己都可能忘记的片段

这就是时空隧道

我们渴望从其中回到过去

洗去我们所有的罪恶

我们渴望干干净净地回到现在

做一个无怨无悔的人

过一段不惧怕回到过去的生活

2014 年 12 月 3 日　成都犀浦镇

老房子失火

老房子失火

几乎是全部家产

多年淤积的烈焰

被星星之火点燃

木头旧，骨架松

干燥的柴扉

即使下雨天阴，茅草婆娑

也会冲天而起

瞬间要烧灼整个世界

老房子失火

是携带火种者最担心的事情

无意间撒下星星点点

可能就会酿成大祸

救火还是不救？！

这是一个问题

老房子曾经可能失火
但是今天它还在那里
外表看不出丝毫破绽
它在人们的视野里并没有失火迹象
它究竟是否会失火
这只是火种神游时
偶尔掠过的一丝笑意

有感于孜哥"老房子失火"的隐喻而作

2015 年 1 月 8 日　成都

火中莲花

被火所烧的，会因用火而痊愈。

——西藏谚语

在火中生活
在最热烈处安放自己的身心

在火中生活，从里向外
一遍遍熟悉烈焰
看她如何升起
光彩如何摇曳
红色的光芒照亮身心的边界
直到无法想象之处
把大千世界映红

这把火升起，从未熄灭

在火中生活

会逐渐适应炎热，接受她

滚烫的火焰仿佛在悄然改变

燃烧的欲望、迷茫和焦虑

被渐渐灼成丝丝清凉

在火中生活

要有直视烈焰的勇气和智慧

熊熊大火威猛无比

但她并不会烧毁自己

燃烧的欲望如此美好

起舞、歌咏、尽情享受

你看到，火在火中洗浴

火苗相互追逐嬉戏

如同清水激起浪花

和另外的浪花交融相惜

在火中生活，烈烈火焰聚集

会烧化云层中的冰

那些滴答的雨水丝丝缕缕

绵绵不绝，成为一条线

和燃烧的火苗相遇

一瞬间激起美妙的蜃景

如同巨大的莲花缓缓盛开

托起月亮和太阳的融会

永恒的快乐和虚空

从此浑然一体

在火中生活

欲望的火，愤怒的火，野蛮的火

都会变成清凉的火

你从火中越过时空去看她们

她们如此盲目而痴迷

无边的火舌像镜面上的热气

将渐渐回收到幼苗的中心

你看她们，和她们一起

在莲花和一缕青烟中消失，解脱

2015 年 4 月 6 日—17 日　成都

牧羊人和羊的交响曲（组诗）

一

一阵微风
羊儿露头
它们东张西望的样子
让你发现
羊在这里出没

二

一经发现，你才知道
羊就在你身边
不远不近，随时出没
刚发现时居然这么多，数也数不清

像要拽着你跟着它们走

三

草地上原本一片寂静
寂静的时候
你能看到你自己

四

你看到寂静的自己时
你就知道羊的数量了
它们出现，奔跑
把你带到很远的地方
你忽然惊醒
鞭子一甩
羊就听吆喝回到了圈里

五

当牧羊人被突如其来的风暴或豺狼袭击
羊群乱作一团
失去方向
牧羊人异常愤怒
他诅咒一切
将愤怒的鞭子抽向羊群
有时也会狠狠地踩踏大地

六

牧羊人驯服了一只只羊
同时也驯服了自己的心
他凭借这些羊
看到了自己驾驭的欲望
看到了期待更多羊的贪婪
和失控时的愤怒

七

学习让自己坦然面对这一切
牧羊人花了不少工夫
当自己终于可以接纳一切
牧羊人心中充满感激

八

牧羊人的心间有一座湖
狂风掠过，湖水掀起波澜
乌云压顶，湖水倒映着昏暗的影子
而羊群入圈，湖水恢复了她的寂静清澈

九

牧羊人和羊不可分离
离开牧羊人，羊不再是羊

离开羊，牧羊人失去生命意义

十

生为牧羊人
就要守护好那些羊
羊在那里
放羊的方法也在那里
跑远了，收一收
忘记了，惊醒一下
把羊照顾好
它们安全地回到羊圈
自己才算解脱

十一

知道羊从哪里来
它们想去哪里

就成了合格的牧羊人
看着它们跃出，撒欢
放任它们天地间游走
你不追逐它们
因为你知道，它们离不开你

十二

这一切都是牧羊者的道路
牧羊人生活的每一刻
都充满圆满的乐趣

十三

牧羊人看到羊和他一样
眼里会有泪水，难以忍受饥寒
一样喜爱丰美的水草
惧怕恶狼的利齿

牧羊人从羊眼里看到自己

这时他分不清谁是牧者

谁被驱使

十四

牧羊人有时是勇士，有时是美女

他们的左手指点着前方的道路

右手随心所欲地挥动着鞭子

十五

牧羊人醒来

他想赶上所有饥饿的羊群

走向水草丰美之地

他高高地扬起了手中的鞭子

2015 年 4 月 16 日—17 日　成都

迷羊

生活中一只羊，笔下一只羊，心里一只羊。

——题记

每只羊带着自己的业力而来
她们在视野里出现
散落在山峦平地间
吃草，东张西望
微风中她们自足而警觉
看她们为何如此生生不息
天地间不时掠过羊群的影子

在每一个觅食咀嚼的时刻
羊都要专心地分辨鲜花和毒草
看着辽阔的远方

草很多，道路很开阔

同样的路
漫无目的，放任自在是一种走法
牧羊人或头羊引导
逐水草而行
是另一种走法

草原上缠绕的蛇自己松开结扣
湖泊中的涟漪自己平息
远方的豺狼渐渐遁匿
鸟儿飞过头顶，不留下一丝痕迹

不执着于羊
牧羊人就从自己的生活解脱了

2015 年 4 月 26 日　成都

魔幻春秋（长诗）

一

从比过去还要遥远的时刻走来
停留在蔚蓝色星球的一隅
信马由缰，驻足攀摘或青或熟的果实
日夜交替，像翻阅一册羊皮古书
有意无意，踏入自我编绘营造的生活

和所有有缘人相遇在此生各自的旅途中
从前刎颈相交，可能已成陌路
从前是冤家的，可能成了父母
曾经梦寐以求的，此刻或许就在卧榻之侧

我从混沌的一粒种子
成了地域和族群文化的树苗

喜欢吃马铃薯，喝伏特加
骑着高头大马，走过冰封的伏尔加河

我遇到生我养我的父母
和同父同母的兄弟
我们互相牵挂，互相哺育
春种秋收，一茬一茬的谷物在轮回
炉火通红的夜晚，布谷鸟在虚幻的夜空中高歌

二

来到这里的时候，我携带着一把木琴
那些穿越时空的旋律
不时会在指尖下流过
根据心情添加一些音符，减去一些节拍
我看到地球的另一端
你也在倾情讴歌

顺着来时的道路看过去

我看到大河和鹞鹰互相在谷地里印证
我看到乌云渐渐散去，一方蓝天展露
夏威夷，好望角，也许还有南极的水汽
都追着口中哈出的烟圈冲天而去

我也和所有的人一样
喜欢在凛冽的寒风中穿着暖和的衣裙站立
我有手艺、时间、种子和体力
我还有面对冬天的耐力和火
一些经验，多种技巧，心底里永存的微笑
我可以在今天所处的村庄里活到老
然后在人们的忆念中离去

三

一些桦树皮可以用来记录走过的路
一只小船被岁月冲蚀的躯体是上好的木器
我在撒哈拉大沙漠中寻找着腾格里的蜥蜴
硕大的骆驼蹄印，随后被无常的风沙埋没

铃铛在响，前路渺茫，下一站在哪里？

我们不是常常经过这样的时刻？！

我也曾在日月间穿梭，炙热和寒冷

在皮肤上留下种种褶皱

肉体可以改变，心灵不可下坠

轻盈的、明亮的、闪烁的火苗

把过去和未来照亮，也把这弹指间可及的宇宙映射

现在看看，东面是黑夜，西面旭日高照

梦中和醒来的人，都在时间里倏忽悲喜

那种植大麻的，和在屠宰场里悬挂的

都在争分夺秒追逐自己的快乐

短暂的顶峰瞬间滑落，长久的黑暗备受煎熬

四

我攀爬，吮吸大地的清泉，在青龙和朱雀间盘旋

我举起锐利的斧头，要砍去风水的毒瘤

163

在墓碑前掊一些干土，点一束香，放几把鲜花
地神和祖先共同坐卧在大山的怀抱
这一线相承的命脉，在哪里延续，又从哪里丢失源头？

大西洋，清冷的海风在十一月比人心更冷
那举着火把的女子，笑容从石头中绽放
火焰被凝固，如同阿尔卑斯山的冰
几只鸥鸟在脑海里飞翔，这是梦中的一刻
如果有瞬间，我看到许多孤独的切面

我的道路无法用足丈量，比能想到的更远
我的方向来去反复，上下交集
有时幸运，骑着温顺的马匹走过一生
有时堕落，被马缰拖着，无奈地走向黄昏
我从来不是好的骑手，马的秉性也不是始终如一

有一次在海洋的巨轮上遇到波涛
那宽大的衣袍欲裹住无数的生灵
你看到云层的闪电突然吐出火舌，又收回
远处天际的乌云瞬间像黑幕一样退去

大海原来就是波涛，波涛原来就是大海

暴风雨让海洋薄纱曼舞，隐约可见美人鱼妖冶的胴体

五

喜马拉雅山下的神猴，和南美洲森林里的清泉

亚洲的一棵大槐树，业力之风先后掠过图书馆、沙盘

轻盈的旋律在时空中回荡，只有离开弦，箭才会成为自己

脚踩火轮手持红缨枪的童子，半个脸是天使

半个脸携带着嗔恨和愤怒，在搜索幸运的靶子

蓝色的天空，地火水风，南瞻部洲的须弥和芥子在一个
　念头里

心中的天堂和眼前的炼狱并不铆合

匠人帮我们修理，白内障、黄疸、坏了钨丝的灯泡

螺丝找到合适的螺帽，饥饿的时候爱人刚出笼的馒头

航海图一直在那里，你所处的地方，是你从前生活的彼
　岸吗？

看到宝藏，同时才发现一直被盗贼光顾

帆船被藏匿，时间被偷走，同行者的神圣光环一度泯灭

自己心中无贼，怎么可能看到丧失的马鞍

自己心中有贼，身边个个都是让人夜不能寐的鼹鼠

马在圈里，草在仓库，油灯调亮，猫在炕上

轻轻拨动灶中的柴禾，神的吉祥把天庭照彻

神的影子也是神，充满虚空

把生命、言语和精神都献给她

也是献给自己，二氧化碳和精血都会变成圣餐

你咀嚼，众人品味，你享受，快乐和虚空瞬间永恒

六

有时候这一锅粥很稠，米粒拥挤地排列在一起

吃着过瘾，耐咀嚼，需要慢慢消化

有时候一眼看穿，几粒米跳跃，被清水激励

倒映着自己的脸，无法掩饰的表情

时稀时密像人类的语言，千年熬出的词句，要细细体察

我用语言认识、塑造自己

锻炼思想的喉舌，斟酌善恶，抚摸世界

当灵与肉无语交融

也尽力搜索词语来忆念无法言说的一刻

暇满人身①，做词语的匠人，尽可能说清楚自己

从遥远的过去走来，一身累积的熏习

如影随形，如同蜡烛和烛光不会分离

大海和波涛在一起，无法断然区别它们

天空飞过的鸟儿和湖面投下的倒影，都是真实的存在

如果没有阳光，太阳会在哪里？！

真相就在不远处，我听说过

也思索过它的一些细节，只是未曾亲身经历

从窗口看出去，可以监督来往的帆船

每一扇窗口都不是全景

一束光，从这间房子投向多个方向

---

① 藏传佛教名词，指学佛的善缘条件。

七

最激烈的言辞，可以置人死地
最精确的词句，几乎可以勾勒出事情的全貌
那无法言说的部分，在骑士和马的旅途中
缰绳由技巧控制，道路连着此处和目的地
词语的力量，来自使用和受用者赋予它的意义

纵然疼痛"撕心裂肺"，据以往经验，它必将过去
如同欢喜跃上云端，在战栗中悄然离去
我在此刻的一个个词句中判断"快乐或者悲伤"
这一刻在不久后会成为恍惚的记忆

木琴在墙上挂起，烈酒已经预备好
过去建起的高楼要拆毁，废墟打扫干净
隐约的旋律响起，如同天籁，不绝入耳
拉开大幕，从这一刻起，越过车水马龙的红尘
魔幻的游戏渐渐远去，只留下一片清净

2015 年 10 月—11 月　天堂寺—兰州—成都

心灵风水 ^①

我的八字
是轮回中模糊的时间表
刹那生灭的意识流
涤荡了追随而至的黑恶业白善业
空虚的四柱，续流滚滚不息

我的生肖
是一只试图接近我的动物
我们互相打量
彼此躲避着对方的熏染

我的姓名
是水上写下的波纹
数理的合计一闪即逝

———————————

① 又名"我的梦境是白日之火的灰烬"。

169

空虚的笔画清晰可触

我的血型
在无常中流动穿梭
标签的试管里
隐约可窥瞬息变幻的习气

我的掌纹
隐藏着因果的秘密
无以计数的缘起和业风
随时修改着识破和开启的暗语

我的麻衣相和骨骼
有着和苦海众生一样的轮廓
时间的双手拂过
会发现处处充盈机遇
色相正弃绝凡尘而去

我的星座
是福慧共舞的驿站
求取心灵自在，衰竭二元对立

游戏在沙盘上进入倒计时

我的五行
是身语意的因缘投射
勘破情器世界的真相
淤泥和莲花生生不息
清净的助缘回环相扣

我的风水
靠山是亿万众生
明堂是吉祥怙主
左手智慧，右手慈悲
阳宅资粮若显
阴宅福德正聚

我的大运
随业力之风起伏
当我认清道缘的真谛
所有的逆缘都成了顺缘
所有的运气都成了当下清净的道路

我的梦境是白日之火的灰烬

是心性归于寂静前的狂欢
它时而上演一瞬长于百年的戏剧
时而轰炸暂时栖身的肉体
是昨日之因的青果
也是明日之果的幻境

我的眼睛
是心湖的倒影
烦恼的涟漪日渐平息
色蕴的虚空清晰透彻

我的心灵
是缘起和性空的镜子
业风从无涯的湖面拂过
镜中一派万物平等的气息

我的秉性
悄然褪去华丽的外衣
如同天子
更改了自己的江山

2016 年 9 月 22 日—29 日　朵什寺—张掖—天堂寺

一念之遥（组诗）

药

药生病了
一场救治就此开始
这不是一般的疾患
根茎叶脉都需要审视检疫

情绪之鸽

她自然醒来，抖动翅膀
她从心湖上显现
在时空中飞

在鸽子飞翔的同时

观察她的走向
看碧空中为何只有她
仍然这么强健
湖面上掠过最多的
是她的影子

小镇

小镇在城市和农村的接合部
生活在这里，就是边缘人
走过这里
就像走在异国的乡村
几乎没有亲人
只有那些斑驳陆离的面孔
和看过去似曾相识的背影

蚂蚁

在每一个播种的时刻

积极勤快地劳作
对未来的收获充满信心
它看到希望，明白前行

感恩

借众生辽阔、遍及足下的土地
播种你菩提果实的青苗

蚊子

婴儿床蚊帐外蹲守的蚊子
和望眼欲穿想吃僧肉的妖魔
都有一副让人悲悯万分的眼神

情绪

风起，浪涌

瞬间狂风暴雨
云开，雾散
刹那寂静澄澈

闲话

有时候语言长腿
要比想象走得远
不节制它
有一天会返回来伤害你

回忆

搅动井底的泥浆
水会变得浑浊

言语

一张口，就变了样
说出的都不是实相
言不由衷的生命无比脆弱
话语的自在
是该沉默时，沉默

转机

你会看到美好的局面
突然变得尴尬
激荡的情感一瞬间面临撕裂
无常适时敲响警钟
让虚幻的梦境消失
积聚的福德让你不失时机
看到真相，从执着中清醒

平行

在夜与昼之间如何平衡
奋起而为，然后悄然回归
瞬息而逝的事物随手抓住
快乐这串珠子需要一个个串起

从一个点找到灵魂，激励她
毅然在十字路口越过红灯
背对时间，让火焰升腾

梦幻

从所有无助的情景开始
训练自己在适当的时间醒来
才不是虚度

上乐

身心交融
一缕青烟

真相

彩虹很美丽
镜中鲜花芬芳扑鼻

大海

一块面饼
松软地贴在大地的最低处

本尊

剥蚀华丽的外衣

接近，体悟
逐步认出时空内外的自己

坛城

心血积聚成的繁华
在一瞬间可以消失
苦苦营造的世俗世界
像一场大梦演绎

波浪

海洋在呼吸
海洋的浩瀚
和波浪的起伏相依相存

2015 年 5 月—2016 年 4 月—2017 年 3 月

成都—天堂寺—清水湾

医王的心药超市（长诗）

一

我病了，我的心发现
它自己迷路了
我开始寻找医术精湛
医德高尚的良医
期待她慧眼如炬，妙手回春
拔除我心灵的痛苦

二

我从世俗生活中抽身
四处寻访
向人们急切地问询

高超的医师在哪里
谁才能带我离苦得乐
让我彻底将病痛抛弃

三

疼痛有多迫切
医师就有多快出现
我对疾病生活的厌离，和口袋里
累积的恰好够用的资粮
使我在拐弯处
和冥冥中有缘的医师意外相遇

四

这是患者的莫大福音
这是病痛的卸货终点站
遇到医师的那一刻

我在大海中漂流，被救上了万吨巨轮
把全部的身心搁置在她面前
期待让健康喜乐的光芒
涤荡我无尽的苍白和虚弱

五

我的救命恩人是医王
一眼看穿我的伤痛
她心怀慈悲，为我望、闻、问、切
听诊器里回荡着我无助
而又不安的心胸杂音
眼神中泄露了我疲惫的旅程的秘密

六

医王从母腹的空虚中脱胎而出
她不执着于疾病

也不固守健康

她从苦乐的二元对立中证悟秘方

为救火坑中的众患者

打造了刺破疾病迷网的

真知利剑

七

医王的超市琳琅满目

有八万四千种药

不同的药剂

对治显现不同的疾病

古往今来，患者和药品一样生生不息

有多少祛病的良药

就有多少求医的患者

八

当求医者来到医王的身边
疼痛扭曲了污浊的病体
言语无法节制，心智间或迷乱
尽管切肤之痛千差万别
但众患者对健康的诉求是一致的
早日诊疗，吃药康复
第一时间远离这里

九

要想彻底疗愈
需要知道疾病的根源
医王耐心地检视每一种细微的病因
她发现，我们被贪婪、忌恨
和愚蠢三种病毒侵袭
苦痛占据了身心的国土
气血在每一寸肌肤内倒行逆施

十

这个时代，大多患者
皆依赖物质的充裕
在满足极致的欲望沟壑
如同在高速运转的绞肉机里
压榨自己的福报
直至粉身碎骨

十一

医王对症下药，因机施治
带着立志走上脱病之路的有缘者
在药品的超市里徜徉
认识药相，了解药性
教众人辨析真假材质和器械
学习正确的熬药炼丹次第

十二

医王告诉我们
所有的病痛皆来自内心
药品超市里都是治心的良药
每一味配方，正确服用
持之以恒
都可以彻底治愈苦痛

十三

草药、蜜丸、粉末、胶囊
每一剂，都有着无二无别的性能
在医王的药品超市浸淫
我为这妙方和解病的道果所俘获
我看到每一种疾患都有相应的方剂
每一种病痛都孕育着验方无数

十四

有缘者已获得救度生灭的处方
医王指导大家聚焦伤痛的核心
拉开铁弓
用锋利的宝箭射杀病灶
只要就此播下健康的种子
清除气血积聚的尘埃
终将可从心灵的痼疾中解脱

十五

我梦见，我追随大医王
和八万四千良方同在
时空中无数无量的患者
和古老的心灵妙药
皆成了庄严超市里
本具健康喜乐的一分子

2017 年 4 月 4 日—13 日　清水湾

他一直在那里 ①

他一直在那里，从未离开
我们眼前缤纷缭乱，看不到同行者
周围充满喧嚣，听不到他说话

他一直在那里，在他出生之前
以及离世之后
有些人记得他的事迹，和生日
多数人脚步匆匆，不知道他是谁

他一直在那里
或许我们机缘具足，蓦然回首看到他
或许在狂欢后的独处，或疲惫的航行后
靠岸时想到他

---

① 响应藏地诗歌"佛诞日"同元素诗歌而作。

他一直在那里

怀揣着航海图和指南针

为需要的人们指引道路

他也藏有满腹的灵丹妙药

他的处方，被人们到处传诵

他一直在那里

我们看到他，听到他的声音

需要走许多弯路

我们听到他的声音，明白他的话语

又需要很多年

他一直在那里

我们想起他，为他歌咏唱诵

凭借音符和词句，尝试触摸他

有些人就此认出了他，从此和他在一起

另外一些人，轻风使他们翻过这一页

匆匆向茫茫前路而去

2017 年 5 月 4 日　广东高州